한 폭의 빛

김수온 소설집

한 폭의 빛

펴낸날 2021년 11월 3일

지은이 김수온
펴낸이 이광호
주간 이근혜
편집 조은혜 최지인 이민희 박선우 방원경
펴낸곳 ㈜문학과지성사
등록번호 제1993-000098호
주소 04034 서울 마포구 잔다리로7길 18(서교동 377-20)
전화 02) 338-7224
팩스 02) 323-4180(편집) / 02) 338-7221(영업)
전자우편 moonji@moonji.com
홈페이지 www.moonji.com

ISBN 978-89-320-3914-5 03810

이 책은 서울문화재단 '2020년 첫 책 발간 지원사업'의 지원을 받아 발간되었습니다.

한 폭의 빛

김수온 소설집

문학과지성사

차례

나의 마르멜로

그러니까 내 말은,

나는 정면을 바라보며 최대한 덤덤하게 말했다. 밧줄이 매어진 나무 기둥에 몸을 기대선 네가 기대에 찬 눈빛으로 나를 바라봤다. 그네에 오를 때면 너는 언제나 그런 눈빛으로 나를 보곤 했다. 더는 지체할 수 없었다. 양손으로 두꺼운 밧줄을 꽉 쥐고 잠시 숨을 골랐다. 날이 추워지면서 힘을 잃고 시들해진 잔디 위로 발을 구르고서 재빨리 다리를 접었다. 그러자 내 몸을 실은 그네가 서서히 움직였다. 땅에 가까워질 때마다 발끝이 아슬아슬하게 잔디를 스쳤고 이따금 발을 구르면 흙먼지가 낮게 일었다. 그러기를 몇 차례 반복하자

내 몸은 조금씩, 아주 조금씩 높이 떠올랐다. 몸이 앞뒤로 움직이면서 전방의 풍경이 가까워졌다 멀어졌다. 머리카락이 바람에 날려 자꾸만 얼굴을 간지럽혔다. 날리는 머리카락 사이로 다름 아닌 네가 보였다.

너도 나처럼 진심을 다해.

순간 작게 벌어진 입으로 머리카락이 들어왔다. 입을 꾹 다물자 입안에 낯선 이물감이 느껴졌다. 어쩌면 입안에 있는 건 머리카락이 아니라 허공에 날아다니던 날파리일지도 모른다는 생각이 들었다. 우리가 머무는 산 중턱에는 아직까지도 과수원의 흔적이 남아 있었다. 여전히 잡초 사이에 짓무른 열매가 알알이 박혀 있었고 썩다 만 열매는 지독한 악취를 풍겼다. 병에 걸린 열매는 작고 검은 반점으로 뒤덮여갔고 가끔 굶주린 산짐승이 내려와 개중에 성한 열매를 골라 물어갔다. 과즙이 말라붙어 엉망이 된 잡초에 발이 걸려 넘어질 때면 숨어 있던 날파리들이 일제히 날아올라 내 몸을 덮쳤다. 그런 기억은 대개 오래가기 마련이고 떠올릴 때마다 가슴이 불안하게 뛰었다. 그네를 타는 지금 이 순간만큼은 더 높이 떠올라야 했다. 허공에 악착같이 발을 구르자 스치는 찬바람에 눈이 시렸다. 눈물이 차오르는 듯해 슬며시 눈을 감자 과수원의 풍경이 머릿속에 선연하게 떠올랐다.

너도 알지.
여긴 과수원이었잖아.
여름이면 초록이 무성해지는 곳.

*

내가 기억하는 시절부터 과수원은 매년 풍작이었다. 과수원은 산 중턱에 있어 언제나 싱그러운 햇살과 바람이 가득했다. 햇빛을 듬뿍 받고 자란 크고 탐스러운 열매들이 가지마다 줄줄이 열렸다. 여름 장마에 줄기차게 비가 내리면 껍질에 붙어 있던 먼지가 말끔히 씻겨 내려가 윤이 났다. 비바람을 견디지 못하고 떨어진 열매들은 버리지 않고 상자에 모아두었는데, 그게 어디로 가는지는 나로선 알 수 없었다.

모든 과수원이 대체로 그러하듯 가을 수확을 위해 해야 할 일이 산더미였다. 겨울이 지나 얼었던 땅이 녹기 시작하면 마을에 사는 인부들이 과수원으로 몰려왔다. 나무에 꽃이 피고 열매가 맺혀 익어갈 동안 그들은 쉬지 않고 끝없이 일했다. 하지만 언제나 일손은 부족하기만 했다. 그도 그럴 것이 과수원은 해를 거듭할수록 점차 지대를 넓혀가고 있었다. 산을 넘어가기 위해선 반드시 과수원 땅을 밟고 가야만 할 정도였다. 울타리가 없었기 때문에 누구나 과수원에 들어와 산짐승처럼 흔적을 남기고 갔다. 제멋대로 열매를 따서 한 입 베어 먹고 버리거나 자신이 지나간 길을 표시하기 위해 나뭇가지 끝에 손수건을 묶어두기도 했다.

과수원의 주인인 나의 부모는 그런 흔적들을 눈에 보이는 족족 치우고 잘라냈다. 혹여나 산짐승이 오지 못하게 주변에 덫을 놓기도 했다. 그러면서 더는 과수원을 넓히지 않기로 다짐했지만 그런 종류의 다짐은 잘 지켜지는 법이 없었다. 해가 지나면 언제나 그랬듯 새로 들인 땅에 과실나무 묘목을 옮겨 심었다. 그리고 이듬해에 열린 첫 열매를 수확하며 그들은 몹시 기뻐했다.

당시에 나는 부모를 따라 매일 과수원에 갔다. 어려서부터 몸이 약했던 나는 그곳에서 딱히 할 일이 없었다. 언젠가 일을 돕겠다고 나섰다가 땡볕 아래서 쓰러진 채 발견된 걸 모르는 이가 없었다. 바쁘게 움직이는 인부들 사이에서 나는 한가롭게 그늘을 거닐었다. 작은 평상에 누워 하루의 일과가 끝나길 기다리는 게 전부였다. 과수원에서 나는 일을 하지 않는 유일한 사람이었다.

대부분의 시간을 혼자 보내다 지겨워지면 인부들의 모습

을 관찰했다. 그들은 저들끼리 아는 노래를 부르며 일을 하다가 정해진 시간에 내어주는 새참과 함께 반주를 곁들여 마셨다. 미리 준비한 술이 다 떨어지면 집에서 챙겨온 독한 술을 몰래 꺼내 마시는 것 또한 나는 알고 있었다.

가끔 인부들이 내게 열매를 따 주었다. 술냄새를 풍기며 다가와 내 손에 열매 하나를 떨어뜨리고서 저들끼리 웃었다. 이유를 알 수 없는 그들의 호의에 나는 한껏 위축되곤 했다. 마음 같아선 그것을 멀리 던져버리고 싶었지만 차마 그럴 수 없었다. 나는 그들이 건네준 열매를 소매에 대충 문질러 베어 먹었다. 덜 익은 열매에서 단맛이 날 때까지 부지런히 씹으며 주위를 둘러봤다. 내게 열매를 건네준 인부는 이미 온데간데없고 처음 보는 남자애가 거기 서 있었다. 피부가 적당히 타 있어서 그저 수많은 인부들 중에 한 명일 거라 생각했다. 네가 나에게 가까이 다가오고 있었으므로, 나는 열매를 쥔 손을 내밀었다.

이거 먹어. 방금 딴 열매야.

고맙지만, 모든 씨에는 독이 있어.
자꾸 삼키다간 눈이 멀어버리고 말아.

내 앞으로 바짝 다가온 네가 손을 내밀었다. 가까이서 보니 어딘가 앳되어 보이는 게 나와 비슷한 또래처럼 느껴졌다. 나는 너의 얼굴을 물끄러미 바라보며 입안에 있던 씨를 뱉었다. 묽은 침과 함께 까맣고 동그란 씨가 손바닥 위로 떨어졌다. 너는 그걸 집어 보이지 않을 만큼 멀리 내던졌다. 그 모습에 왠지 모르게 가슴이 뛰었다. 얼굴에 열이 오르면서 두 뺨이 서서히 붉어져가는 게 느껴졌다.

넌 알지 못하겠지만, 그건 슬픈 일이야.
그런 눈에서도 눈물은 흐르니까.

우리는 함께 평상에 오래 머물렀다. 누군가와 나란히 앉아 있는 게 처음이라서 나는 그날을 오래 기억했다. 그리고 얼마 지나지 않아 마을의 인부들 중에 너의 아버지가 있다는 사실을 알게 되었다. 너는 그를 따라 매일 아침 내가 있는 과수원에 왔으니까. 우리는 매일 과수원에서 만나 많은 시간을 함께 보냈다. 평상에 누워 이어폰을 나눠 끼고 노래를 듣거나 구름이 낮달을 가리고 흘러가는 걸 한가로이 바라봤다. 나무 아래를 옮겨 다니며 소나기를 피하기도 하고 버려진 화분에 매번 다른 씨앗을 구해다 심기도 했다. 인부들이 더는 내게 열매를 따다 주지 않았지만 그런 건 아무래도 상관없었다.

과수원의 시간은 빠르게 흘러 점차 계절이 바뀌었다. 가지에 달린 이파리의 색이 점점 짙어졌고 열매가 천천히 익어갔다. 내겐 너무도 익숙한 일이었지만 너와 있을 때면 가끔 그것이 새롭게 느껴지기도 했다. 언젠가 화분에 줄 물을 들고 평상에 갔던 날, 바로 전날까지만 해도 제법 말끔했던 평상 위로 간밤에 떨어진 이파리들이 흐트러져 있었다. 너는 모두 비슷해 보이는 이파리 중에서 하나를 집었다.

여기선 정말 하루하루가 달라.

그렇게 말하며 너는 그것을 아직 나무에 붙어 자라나는 이파리 옆에 나란히 가져다 댔다. 그 둘은 왠지 미묘하게 색이 달랐다. 같은 초록이었지만 분명 같지 않았다. 가지에 달린 이파리는 하루를 한 겹씩 겹쳐가며 지금 이 순간에도 선명하게 짙어지고 있었지만 반대로 네 손에 들린 이파리는 어제에 멈춰 있었다. 그것을 같다고 하는 건 아무래도 옳지 않다고 나는 생각했다.

이전까지는 말이야, 모든 게 멈춰 있었어.
어쩌면 숨이 멎은 것처럼.

너는 가끔 과수원 밖의 얘기를 내게 들려줬다. 대부분 마을에서 일어난 일들에 대한 것이었다. 온종일 적막한 집 안에서는 바깥에서 들려오는 말들이 유일한 낙이라고 했다. 너는 집에서 아버지와 단둘이 살고 있었는데, 그는 농인이었다. 사실 나는 인부들 중에 농인이 있다는 것을 알고 있었다. 그게 너의 아버지라는 건 나중에야 알았지만. 너를 만나기 전, 인부 하나가 갑자기 오지 못하게 된 바람에 급하게 농인을 쓰게 되었다는 부모의 대화를 들은 적이 있었다. 그를 썩 마음에 들지 않아 하면서도 그들은 일손이 비지 않는 것에 위안을 얻은 듯했다.

과수원에서 나는 종종 그와 마주쳤다. 주변의 인부들은 그를 앞에 두고도 그에 관한 얘기를 곧잘 하곤 했으므로 나는 자연스레 그것을 전해 들었다. 그가 죽으려고 음료수 병에 농약을 타두었다는 얘기였다. 언제든 냉장고에서 꺼내 마실 수 있도록 그렇게 해두었더라고, 그들은 마치 직접 본 것처럼 말했다. 비슷한 기사를 읽은 적이 있었지만 그게 이 마을의 일인지는 확실하지 않았다. 그렇게 해서 누가 죽었었나. 그들이 한참을 떠들어댈 때도 그는 고개를 숙인 채 일에 열심이었다.

가을을 맞아 과수원은 수확이 한창이었다. 아침이면 수십 대의 트럭이 줄줄이 과수원에 도착했다. 그들은 도착한 순서대로 열매가 든 상자를 한가득 싣고 떠났다. 며칠이 지나자 창고에 쌓여 좀처럼 줄어들 것 같지 않던 상자들도 어느새 바닥을 보였다. 마지막으로 가장 안쪽에 있던 상자들은 마을에 있는 몇몇 과일 가게 주인들이 나누어 실어 갔다. 그 상자 안엔 장마 이후로 틈틈이 모아둔 낙과가 들어 있었다.

열매를 수확하는 시기가 지나자 과수원은 한결 여유로웠다. 그렇게 많던 인부들도 하나둘 과수원에 오지 않았다. 나의 부모는 소수의 인부만 남기고 나머지는 차례로 집에 돌려보냈다. 너의 아버지 또한 얼마 지나지 않아 과수원을 떠났다. 너는 오지 않았지만, 우리는 날이 풀리면 언제든 다시 만날 수 있었다. 나는 그걸 알아서 그해 겨울이 그리 길지 않았다.

해가 지날수록 과수원의 나무들은 부지런히 자라 사다리가 닿지 않는 높이까지 가지를 뻗어갔다. 가지마다 열매가 지나치게 많이 열리는 바람에 비교적 낮은 위치에 있는 열매들은 햇빛을 충분히 받지 못했고 작은 충격에도 힘없이 떨어졌다. 양분의 소모를 줄이기 위해 일정량만을 남기고 열매를 솎아내야만 했다. 알이 작거나 모양이 둥글지 못하거나 벌레 먹은 흔적이 보이면 모두 가차 없이 쳐냈다. 나무에 남은 열매들은 비닐로 잘 감싸 직사광선이나 벌레로부터 보호했다. 비닐에 꽉 찰 만큼 열매가 자라면 그대로 꼭지를 따 수확하면 되었으므로 그 전까지는 온전한 열매를 볼 수 없었다. 덜 익은 열매들만이 바닥에 널려 인부들의 발에 짓밟히고 뭉개졌다. 이제 나의 부모는 그런 열매들을 따로 상자에 담지 않았다. 과수원에는 그들이 해야 할 일이 정말 산더미처럼 많았다.

날이 따뜻해질 무렵, 우리는 다시 재회했다. 인부들이 하나둘 돌아오기 시작하며 과수원은 활기를 되찾아갔다. 하루가 다르게 변화해가는 분위기 속에서 홀로 너를 기다리고 있자면 나도 덩달아 가슴이 뛰었다. 해를 넘길 때마다 너와 일정한 주기로 헤어지고 다시 만나길 반복했지만 매번 그랬다. 기다리면 올 거라는 믿음이 나를 더 간절하게 만들었다.

문득 평상에 앉아 있는 나를 향해 다가오는 네 모습이 보였다. 그새 키가 자랐는지 왠지 모르게 어딘가 달라져 있었다. 나와 떨어져 있는 동안 어떻게 지냈는지 궁금하기도 했지만 그런 얘기는 일절 나누지 않았다. 우리는 예전처럼 평범하게 일상을 공유할 뿐이었다. 과수원에선 다들 바쁘게 일을 하고 있었으므로 왠지 둘만 아는 비밀을 키워가는 것만 같았다.

언제나처럼 우리는 평상에 누워 낮잠을 잤다. 저 멀리 인부들의 노래가 한창이었지만 오랜 과수원 생활로 잠귀가 어두웠던 나는 꽤 깊은 잠이 들었다. 어떤 꿈을 꾸었는지는 모르겠지만 깨어났을 때 이마엔 땀이 맺혀 있었다. 힘겹게 눈을 뜨자 옆에 있어야 할 네가 보이지 않았다. 네가 있던 자리엔 우리가 씨앗을 심어둔 작은 화분만이 덩그러니 놓여 있었다. 화분에 담긴 붉은 흙 위로 새싹이 돋아나 있었다. 방금 물을 줬는지 작고 여린 잎에 물방울이 맺혀 있었다. 온갖 씨를 묻어두어서 그게 어떤 나무인지는 알 수 없었다.

언젠가 분명 꽃을 피울 거야.

어느새 내 곁으로 다가온 네가 말했다. 너는 양손에 열매를 하나씩 쥐고 있었고 그중에 하나를 나에게 내밀었다. 비닐을 벗기자 잘 익어 빛깔이 선명하고 껍질이 단단한 열매가 보였다. 잠에서 깨어 한창 허기가 졌던 터라 입안에 금방 침이 고였다. 열매를 한 입 베어 물자 투명한 과즙이 팔뚝을 타고 흘렀다. 향긋한 향에 비해 열매는 여전히 시기만 했다.

그렇지만 열매는 맺지 않았으면 해.
진심을 다하고 싶지 않거든.

나는 열매를 베어 먹다 말고 조용히 읊조렸다. 나를 바라보는 너의 시선이 느껴졌지만 왠지 지금 이 순간만큼은 그 누구와도 눈을 맞추고 싶지 않았다. 나는 까만 씨를 한데 모아 멀리 던졌다. 그 방향을 따라 사다리 위에 올라가 있는 인부가 보였다. 상반신은 울창한 나무에 가려져 있어 보이는 건 하반신의 다리가 전부였다. 땅이 고르지 않아 사다리가 미세하게 기울어져 있었지만 그는 오로지 다리로만 몸을 지탱한 채 작업에 열중했다. 금방이라도 중심을 잃고 떨어져버릴 것처럼 아슬아슬해 보였다.

한동안 그에게서 눈을 떼지 못하고 있던 와중에 문득 팔뚝에 차가운 물이 흐르는 것이 느껴졌다. 네가 화분에 주려고 담아두었던 물을 부어 내 팔뚝에 묻은 과즙을 정성스레 씻어내고 있었다. 팔뚝을 문지르는 네 손길에 나는 잠시 시선을 빼앗겼다가 이내 다시 인부에게로 시선을 돌렸다. 아주 잠깐이었지만 그는 사라지고 없었다. 아무리 주위를 둘러보아도 그의 모습은 보이지 않았다. 어느새 인부들의 노랫소리도 끊긴 뒤였다. 주변이 믿기 힘들 정도로 적막해서 나는 나도 모르게 비명을 질렀다. 낯선 짐승의 울음소리가 과수원을 길게 가르고 지나갔다. 새 떼가 날개를 펴고 일제히 날아가는 광경을 끝으로 나는 정신을 잃었다.

긴 여름이 지나
다시 과수원을 찾았을 때.

평상에 여전히 화분이 놓여 있었다. 제법 자라 있었지만 아직까지도 그게 어떤 나무인지는 알 수 없었다. 나는 이름 모를 나무 옆에서 너를 기다렸지만 끝내 너는 오지 않았다. 사실 아무리 기다려도 네가 오지 않으리란 걸 나는 알고 있었다. 마을의 인부들이 이제 더는 과수원에 오지 않았으니까. 어머니는 내게 과수원에서 아무 일도 일어나지 않았다고 했지만 그게 사실이 아니라는 것쯤은 나도 충분히 알 수 있었다. 출고가 되기 전 포장된 열매들로 가득해야 할 상자가 쌓여 있기만 했을뿐더러 제철을 맞아 수확한 열매가 고스란히 바구니에 담긴 채 창고 한구석에 방치되어갔다. 하나를 집어 비닐을 벗기자 병든 열매가 모습을 드러냈다. 껍질은 크고 작은 반점으로 뒤덮여 있었고 과육은 중앙부터 검게 썩어 있었다. 과수원에서 난 열매라고는 믿기 힘들 정도로 흉측한 모습이었다.

직접 눈으로 확인하기 위해 나는 과수원에 와야만 했다. 열매를 감싼 비닐을 다 벗기지 않아도 알 수 있었다. 과수원 일대는 원인 모를 병에 걸려 있었다. 열매를 매단 나무들은 모두 불에 탄 것처럼 검게 그을려 있었고 마치 화상을 입기라도 한 듯 진물이 끝없이 배어 나와 악취를 풍겼다. 껍질은 힘을 주지 않아도 쉽게 으깨지고 부스러졌다. 그게 불에 타고 남은 까만 재처럼 보였다.

더는 열매를 맺지 못할 텐데
다들 어디 있어.

미적지근한 바람이 황량한 과수원을 조용히 쓸고 지나갔다. 가지에 매달린 잎이 숨을 죽인 채 몸을 떨었다. 비닐로 단단히 감싸놓아서인지 바람이 부는데도 떨어지는 열매 하나 없었다. 모두 하나같이 허공에 매달려 죽어갔다. 이상하리만치 불길한 정적이 과수원 일대를 덮었다. 그 흔한 짐승의 울음소리마저 들려오지 않았다. 줄곧 찾아오던 산짐승들을 이제 더는 찾아볼 수 없었다. 과수원을 보호하기 위해 오래전에 덫을 놓았으니까. 덫에 걸린 짐승들은 절대 풀어주는 법이 없으니까. 밤낮으로 울부짖다가 끝내 혀를 내밀고 죽어가니까.

그걸 내가 보기라도 할까 봐.

길이 아닌 곳으로는 절대 다니지 못하도록 했다. 날이 갈수록 과수원을 찾는 발길이 끊기고 궂은 소문이 돌았다. 과수원을 지나 산에 간 사람들의 실종에 관한 소문이었다. 사실 실종이라기보다는 일종의 해프닝에 가까웠다. 사라진 이들은 며칠이 지나 마을에 제 발로 돌아왔으니까. 언젠가 마을로부터 한참 떨어진 곳에서 행불자로 지내고 있던 이가 발견되기도 했다. 우연히 그곳을 지나던 마을 사람이 그를 알아보고 마을로 데려왔는데, 그는 가족들 앞에서 자신은 그저 산에서 길을 잃었던 것뿐이라고 했다. 그런 일들이 반복되자 마을 사람들은 더는 산에 가지 않았다. 과수원은 바깥의 일은 전혀 모른다는 듯 언제나 평온했다.

어디선가 조그맣게 들려오는 인기척을 따라 나는 걸음을 옮겼다. 병 걸린 나무를 닮아 검게 솟은 두 개의 그림자가 보였다. 그들은 여전히 나무 사이를 오가며 부지런히 열매를 따는 중이었다. 갓 딴 열매를 각자 품에 안고서 조심스레 사다리를 내려왔다. 마치 병에 걸린 걸 모르고 있기라도 한 듯 바구니에 차곡차곡 쌓여가는 열매를 보며 미소 지었다. 도저히 참고 지켜볼 수 없었다. 나는 그들에게 가까이 다가가 바구니를 모조리 쏟아냈다. 손에 잡히는 대로 악착같이 집어 비닐을 벗겨내고 그들을 향해 연이어 던졌다.

이걸 한번 보시라고.

나무에 매달려 죽어간다고.

비닐을 벗겨 검은 모습을 드러낸 열매가 하나둘 그들의 발치에 가 닿았다. 그걸 멍하니 바라보다가 이내 하나씩 주워 품에 안기 시작했다. 그 많은 열매를 다 담아내기에 그들의 품은 너무나도 작았다. 품에서 빠져나온 열매가 자꾸만 땅위로 떨어졌지만 그럴 때마다 줍고 또 주웠다. 결국 그들은 바닥에 주저앉아 두 팔과 다리로 열매를 가득 쓸어안았다. 나는 바구니 하나를 모두 비우고 말없이 서서 그들을 바라봤다. 그들은 몸을 한껏 웅크린 채로 숨을 죽였다. 이윽고 작고 마른 어깨를 들썩거리며 조용히 울었다. 해가 저물고 있어서 나는 홀로 집으로 돌아왔다.

한동안 그들은 과수원에 가지 않았다. 과수원을 돌보느라 오래 방치되었던 집에 온 신경을 집중했다. 불이 나간 전등을 모조리 갈아 끼우고 빗물이 새어 드는 천장과 벽을 보수했다. 세로로 길게 찢어져 온갖 벌레가 드나들던 방충망을 새로 교체하기도 했다. 낡고 오래된 집은 손볼 데가 많아 딴 생각을 할 틈이 없었다. 그렇게 집은 하루가 다르게 예전의 모습을 찾아갔다.

모처럼 찾아온 여유였다. 그들은 밀린 신문을 펼쳐 읽기도 하고 유행하는 노래를 온종일 틀어두기도 했다. 날이 좋으면 가끔 마당 한가운데 불을 피워 온갖 생선과 고기를 구워 먹었다. 생선 살을 발라 서로의 입에 넣어주며 그들은 몹시 즐거워했다. 불에 태울 것이 다 떨어지면 열매가 든 상자를 던져 넣었다. 불길에 휩싸이고 얼마 지나지 않아 상자는 형체도 알아볼 수 없는 재가 되었다. 집 안에 남아 있던 과수원의 흔적은 모두 그런 방식으로 사라져갔다. 일상의 많은 부분이 바뀌고 있었다. 그렇지만 그들은 과수원을 사무치게 그리워했다. 밤이면 과수원을 향해 서서 한동안 말없이 바라보기만 했다. 꺼져가는 불씨 앞에서 그들은 너무나도 간절해 보였다.

기다린다고 다 돌아오는 건 아니라고
제게 알려주셨잖아요. 바로 저 과수원에서요.

그 말을 하는 순간 자연스레 네가 떠올랐다. 과수원에 대한 기억을 떠올리면 언제나 네가 있었다. 청량한 햇볕이 내리쬐는 나무 아래로 손을 꼭 잡고 걷던 시절이 그립다가도 이제 다시는 오지 않으리란 걸 알고 있었기에 마음이 괴로웠다. 그런 생각은 쉽게 나를 불면으로 이끌었다. 그날 나는 뜬눈으로 긴 밤을 지새웠다. 날이 점차 밝아오고 나서야 쓰러지듯 잠이 들었다. 잠에서 깨어났을 때 나는 혼자였고, 그들은 과수원으로 떠난 뒤였다.

나는 과수원을 향해 끝없이 달렸다. 사람들의 발길이 끊긴 산의 초입에는 어느새 잡풀이 자라 있었다. 온갖 풀들을 헤집어가며 과수원에 도착했을 때, 나는 그들을 어렵지 않게 찾을 수 있었다. 그들 주변으로 수십 그루의 나무가 쓰러져 있었다. 마치 태풍이 쓸고 지나가기라도 한 듯 황량해 보였다. 그들은 앞으로 나아가며 손에 들린 도끼와 톱으로 나무를 정성스레 베어냈다. 기둥이 잘린 나무가 힘없이 쓰러지면서 무수히 많은 잎이 떨어지고 가지가 부러졌다. 땅에 일부가 처박히거나 먼저 쓰러진 나무를 참혹하게 깔아뭉갰다. 많은 나무가 꺾이고 쓰러졌지만 과수원에 있는 나무를 다 베어내려면 아직 한참 부족했다.

나는 평상 위로 쓰러져 있는 나무 주변을 살폈다. 화분은 가까스로 나무를 피해 있어 다행히 다친 데 없이 멀쩡했다. 화분을 살피던 차에 근처에서 또 다른 나무가 비명을 지르며 천천히 쓰러졌다. 쓰러지는 나무들 사이로 누군가 서 있는 모습이 보였다. 그건 다름 아닌 너였다. 우리가 처음 만났던 날처럼 여전히 나를 바라보고 서 있었다. 분명 나보다는 그들과 더 가까이 있었지만 그들은 마치 네가 보이지 않기라도 한 것처럼 나무를 베는 데에만 열중했다. 그래서 너는 나에게만 유일해 보였다. 금방이라도 네게 달려가고 싶었지만 좀처럼 발이 떨어지지 않았다. 무슨 말을 건네야 할지 마음이 복잡했다. 혹시나 내게 마지막 작별 인사를 하러 온 것은 아닐까 하는 생각도 들었다. 그러는 사이 네가 나를 향해 다가오고 있었으므로, 나는 한참 망설이다가 슬며시 화분을 내밀었다.

이건 독이 없어.
보다시피 아직 열매를 맺지 않았으니까.

고맙지만, 그런 건 내게 상관없어.
돌아가면 언제나 내게 씨를 먹이는걸.

씨에는 독이 있는데도?

……

이제는 나도 알아.
그건 정말 슬픈 일이라는 거.
그러니까 나랑 같이 있어.

우리는 우리 사이에 놓인 화분을 물끄러미 들여다보았다. 그렇게 많은 종류의 씨를 매일같이 심었는데 결국 싹이 난 건 단 하나였다. 이젠 제법 줄기가 길고 튼튼해져 땅에 옮겨 심어도 될 정도로 잘 자라 있었다. 과수원 그늘 아래서 자라 햇빛을 많이 보지도 못하고 물을 규칙적으로 주지도 못했는데 나무는 화분 안에서 잘 자랐다. 혹시나 네가 매일 화분을 돌보는 게 아닐까라는 생각을 아주 가끔 하기도 했다.

매일 같은 풍경의 연속이었다. 그들은 하루도 쉬지 않고 나무를 베었다. 나무는 토막 난 채로 트럭에 실려 운반되거나 그 자리에서 불에 태워졌다. 몸집이 크면 클수록 그만큼 불길이 크고 거셌다. 짙은 연기가 과수원 일대를 뒤덮자 땅속에 숨어 있던 뱀이나 쥐가 하나둘 땅 위로 나왔다. 오로지 살기 위해서 연기를 피해 과수원 바깥으로 몰려갔다. 우리는 열매를 맺지 않은 나무 위로 올라갔다. 과수원에는 종종 그런 나무가 있었고 대부분 그 땅이 과수원이기 이전부터 뿌리를 내린 경우였다. 딱히 베어내지 않아서 오래 자리를 지키고 자라는 중이었다. 우리는 그런 나무 위에서 사라지고 떠나는 것들을 지켜보며 어딘가 자꾸 공허해지는 걸 느꼈다.

그날 나는 꿈에서 혼자였다. 네가 내 옆에 죽은 듯 잠들어 있어서 더욱이 그런 기분이 들었다. 나의 부모는 과수원 일대를 천천히 걷고 또 걸었다. 나무를 모조리 베어낸 그들의 손엔 날이 다 닳은 톱과 도끼가 들려 있었다. 베어낼 게 더는 남아 있지 않아서 그들은 평상에 나란히 누웠다. 너와 내가 그랬던 것처럼 말없이 누워 바람 소리를 듣거나 흘러가는 구름 조각을 셌다. 서로의 어깨에 기대 해가 저물어가는 걸 한참을 바라봤다. 과수원에 남은 일이라곤 온통 그런 것들뿐이라서 그들은 모처럼 편안해 보였다. 과수원을 일궈온 이래로 처음으로 주어진 휴식이었다. 그들은 오로지 그들만의 시간을 보냈다. 서로의 얼굴이 보이지 않을 만큼 온전한 밤이 되어서야 그들은 길고 깊은 잠에 들었다.

*

우리는 아주 오랜 시간이 흘러 나무에서 내려왔다. 가장 두껍고 튼튼해 보이는 가지에 밧줄을 묶었다. 두꺼운 판자를 대고 양 끝에 밧줄을 연결해 오직 한 명만이 탈 수 있는 그네를 만들었다. 한 사람이 그네를 타는 동안 다른 한 사람이 화분을 지켰다. 너는 그네를 타지 못했으므로 한동안 내가 그네 타는 것을 지켜보기만 했다.

처음으로 네가 그네에 오르던 날, 거짓말처럼 하늘에서 눈이 내렸다. 새하얀 눈이 땅 위에 안개처럼 얇게 깔렸다. 한참 숨을 고르던 네가 발을 떼자 마침내 그네가 앞뒤로 움직이기 시작했다. 너는 잠시 주저하는 듯싶더니 이내 망설이지 않고 발을 굴렀다. 공중에 이는 찬바람에 네 얼굴이 서서히 얼어붙었다. 밧줄을 쥔 손이 창백하게 질려 푸른 핏줄이 선명하게 보였다. 그런데도 너는 지금보다 더 높이 떠오르기 위해 쉬지 않고 발을 굴렀다. 두 귀가 빨개진 것도 모르고 다리를 펴고 접으며 부지런히 움직였다. 그렇게 한참을 내게서 가까워지고 멀어졌다. 그네는 지상으로 내려올수록 속도가 빨라졌으므로 우리는 아주 잠시 가까워졌다가 순식간에 멀어지기를 반복했다.

쉴 새 없이 움직이는 그네 위에서 한동안 너는 침묵했다. 살짝 몸을 뒤로 기울인 채 한껏 굳은 표정으로 전방을 주시할 뿐이었다. 저 멀리 보이는 풍경에 뭔가 있기라도 한 듯 좀처럼 눈을 떼지 않았다. 네가 바라보는 풍경을 따라 고개를 돌렸지만 일전에 내가 그네를 탔을 때 본 것과 별다를 게 없는 풍경이었다. 우리는 마치 서로 다른 풍경을 바라보고 있는 것만 같았다. 너를 이해할 수 없어서 나는 문득 외로워졌다.

그게 네 진심이라면
너는 이미 내 곁을 떠난 거지.

찬바람과 함께 하얀 눈발이 제멋대로 날렸다. 나는 화분에 쌓인 눈을 털어내고 꼭 끌어안았다. 언젠가 땅에 함께 옮겨 심기로 너와 약속했지만 여태 마땅한 곳을 찾을 수가 없었다. 잡초 위로는 나무를 베고 태우면서 생겨난 재와 목설이 한데 뒤엉켜 있었고 흉측하게 썩은 나무 밑동 주위로 날파리가 떼를 지어 정처 없이 몰려다녔다. 나무 그늘에 가려져 있던 평상은 장판이 불에 녹아내려 앙상한 뼈대만 남았다. 이제는 그런 흔적들이 하얀 눈으로 공평하게 뒤덮여갔다. 긴 겨울의 시작이었다. 한동안 진심을 다해 과수원이 그리웠다. 눈을 감으면 언제나 화창한 날씨와 눈부신 햇살이 가득한 과수원의 풍경이 그려지곤 했으니까. 나는 그럴 때마다 곁에 없는 너에게 속삭였다.

너도 알지.
여기 과수원이었던 거.

한 폭의 빛

1

도시의 서쪽에는 숲이 있다.

나무가 우거져 있으므로 그늘이다.

숲속에 작은 호수가 있다.

거기 유일한 빛이 비치고 있어.

2

도시의 사람들이 숲을 향해 간다. 숲의 그늘 아래 자신의 그림자를 숨긴다. 누구도 찾아내지 못하도록 차분히 겹쳐내고 지워져 형체를 잃어버린 채로 숲을 거닌다. 숲에는 아직 제대로 된 길이 없다. 입구나 출구도 없고 막다른 길 또한 없어서 걸음을 멈출 수가 없다. 그래서 누구든 길을 헤매는 것처럼 보인다. 자꾸만 같은 곳을 돌고 도는 것처럼 보이기도 한다. 그렇게 걸음을 옮기면 매번 같은 풍경이 이어진다. 길게 자라난 잡풀과 크고 작은 바위가 도처에 있고 일정한 간격을 두고 뿌리내린 나무가 높게 솟아 있다. 가끔 짐승들의 사체나 분뇨가 방치되어 있다. 그런다고 한들 살아 움직이는 짐승을 목격하는 일 따위는 일어나지 않는다.

단지, 아주 희박한 확률로 사람들이 마주친다. 숲의 그늘을 가로지르며 가까워지고 있다. 도시에서는 익숙했던 일이 숲에서는 낯선 일이 되기에 그런 순간에는 자신도 모르게 숨을 멈추고 입술을 굳게 다문다. 그들은 서로 아무런 말도 나누지 않아서 서로의 정체를 모른다. 모두가 동일한 곳을 떠나왔지만 그 순간만큼은 서로가 서로에게 이방인이 된다. 각기 다른 언어가 각자의 모국어가 되어서 짧은 인사도 나누지 않고 자연스레 서로를 비켜 간다. 어깨나 팔을 비롯한 신체의 어느 부위도 닿지 않는다. 어깨가 일직선에 놓이고 거기서 한 걸음만 나아가면 다시, 혼자가 된다.

창백한 얼굴을 한 연인이 있다. 성한 잡풀 사이를 비집고 들어앉아 있으므로 두 사람의 나체가 가리어져 있다. 멀리서는 간신히 머리만 보이기에 체고가 작은 한 쌍의 어린아이가 서 있는 것처럼 보인다. 손질되지 않고 길게 자라난 머리카락에 얼굴이 반쯤 덮인 채 나란히 어깨를 맞댄 연인은 꽤나 다정하다. 손을 나누어 잡고 최소한의 체온을 나누고 있다. 언제부터인지는 모르지만 연인은 언제나 거기 있다. 어쩌면 태어나서 지금까지 어디로든 나아가지 못하고 있는 걸지도 모른다.

거기 연인이 있는 걸 모르고 사람들이 지나간다. 해가 저물고 있으므로 모두 동쪽을 향해 간다. 서쪽으로 나아가면 숲은 하염없이 깊어지고 동쪽으로 나아가면 어김없이 도시로 회귀한다. 동일한 방향으로 그림자가 고요히 따라붙는다. 그들은 하나같이 누군가에게 쫓기는 것처럼 걸음을 서두른다. 자칫하다간 숲에 남겨질지도 모르기에 간절해진다. 그런 마음으로 도착한 도시의 어디에나 길이 나 있다. 길이 있기에 입구와 출구가 있으며 막다른 길 또한 있다. 모든 길이 지도에 빠짐없이 표기되어 있으므로 언제 어디서든 길을 찾을 수 있고, 잃어버린 물건이나 아이를 찾을 수도 있다. 그래서 뭐가 됐든지 감추거나 숨길 수 없다. 단 한 번도 길을 헤매지 않고 집에 도착한 그들이 문을 두드린다. 도시의 모든 문이 일제히 열리고 차례로 닫힌다.

3

모두가 떠난 숲에 바람이 분다. 바람의 방향으로 숲이 기울어진다. 어디선가 은신하고 있던 작고 검은 새들이 무리 지어 날아간다. 영영 숲을 떠날 것처럼 세차게 허공을 가로지른다. 숲으로 날아드는 새들은 수시로 떠나야만 하기에 둥지를 틀지 않는다. 그래서 숲에는 버려진 둥지 하나 없다. 바람은 자꾸만 숲을 쓸어내고 새를 몰아낸다. 깊고 낮은 곳까지 잊지 않고 불어 들어서 숲의 서쪽으로 바람이 모인다. 마찬가지로 바람이 일궈낸 소리 또한 모여 있다. 더 이상 나아갈 수 없는 숲의 끝이기에 나무에 매달린 잎이 서로 스치고 흔들리는 소리가 주위에 만연하다. 거기 검은 모포를 두른 사내가 홀로 서 있다. 버려진 석상처럼 미동도 없이 낮고 빠른 말을 중얼대고 있다. 여태 살면서 했던 모든 말을 하나도 빠짐없이 쏟아내고 있는 것처럼 보인다. 사내는 말을 멈추지 않고 바람이 멎는다. 아주 오래전 숲을 떠났던 새들이 무리 지어 날아온다. 마치 숲이 생의 종착지인 것처럼 몸을 숨기고 슬프게 운다. 숲은 새들을 은폐하고서 곧게 서 있다.

4

도시의 동쪽은 푸른 새벽이다. 누구나 평온하게 잠들어 있다. 이불을 나누어 덮고 깊은 잠에 빠져 생시와는 정반대의 꿈을 연달아 꾸고 있다. 꿈에서 죽은 나무에 열매가 열리고 절벽 아래로 끝없이 떨어진다. 선로를 이탈한 열차가 숲을 지나가고 그 뒤로 발 없는 아이들이 맘껏 달려 다닌다. 굴뚝에 올라 사다리를 자르던 부모들은 그걸 보며 무음의 박수를 친다. 그러니 누구든 쉽게 잠에서 깨어날 리 없다.

거실 창가에 놓인 일인용 소파에 한 여자가 앉아 있다. 작은 몸집이 소파에 다 가려져 보이는 거라곤 바깥으로 나와 있는 팔과 다리가 전부다. 고개를 뒤로 꺾고 소파에 반쯤 누워 축 늘어진 모습이 편안해 보인다. 그 상태로 슬며시 눈을 뜬 여자가 천장을 빤히 응시한다. 여자는 며칠째 언제 잠이 들었는지도 모른 채 깊은 잠에 빠졌다 깨어난다. 하루의 피로가 한순간에 몸을 덮치고 혼곤한 잠으로 끌고 들어가기에 아무리 떠올리려 해도 잠들기 직전의 기억이 없다. 그저 매일 낯설고 두려운 기분에 사로잡혀 하루를 시작할 뿐이다.

여자는 익숙하게 손을 뻗어 벽면에 스위치를 켠다. 눈이 시릴 정도로 환한 형광등 불빛이 전방을 비춘다. 잠시 눈을 찡그리다 발치에 떨어져 있는 하얀 손수건을 발견하고 협탁에 잘 개어둔다. 몸을 일으킨 여자가 굳게 닫힌 방문 앞으로 걸어간다. 최대한 소리가 나지 않게 가만히 방문을 열고 들어간다. 방문을 닫는 것도 잊지 않는다.

방 한가운데 나무로 된 요람이 놓여 있다. 울타리 모양의 난간에 달아놓은 인형 모빌이 공중에 얌전히 멈춰 있다. 아이가 태어나기도 전에 여자가 손수 만든 모빌이다. 자세히 보면 인형의 얼굴이 조금씩 틀어져 있다. 눈과 입술의 크기나 모양이 비대칭으로 되어 있기도 하다. 어쨌거나 인형은 동물의 모습을 하고 있다. 손으로 툭 건드리면 모빌이 돌아가며 작고 아름다운 종소리를 퍼뜨린다. 모빌은 언제나 시계 방향으로 회전한다. 모빌을 만든 여자도 그 사실을 모른다.

일어날 시간이야.

여자는 몸을 앞으로 숙이고 요람 안을 들여다본다. 아이의 몸에 이불이 잘 덮여 있다. 손과 발을 비롯한 신체의 어느 곳도 보이지 않아 체고를 가늠할 수 없다. 일어날 시간이야. 한참을 바라보던 여자가 이내 몸을 일으킨다. 춤을 추는 것처럼 몸을 돌려 방을 빠져나간다. 그 순간 열린 문틈으로 빛이 새어 들다 사라진다. 여자가 방문을 닫고 나가서 방은 다시 어둠에 잠긴다. 흔들리던 인형 모빌이 아무도 모르게 멈추고 나무로 된 요람은 여전히 방 한가운데에 놓여 있다.

5

호수가 얼고 있다.

그걸 바라보던 연인의 입이 동시에 벌어진다.

당신 말대로 가장자리부터 단단해지고 있어.

6

동이 트지 않은 도시는 어둡다. 차가운 바람만이 거리를 쓸고 지나간다. 바람은 낙엽을 옮기고 골목에 쌓인 재를 날려 보낸다. 창문을 흔들고 집마다 걸린 붉은 깃발을 펄럭인다. 바람이 만들어낸 기척에 누군가 잠에서 깨어난다. 힘겹게 눈을 뜨고 주위를 둘러보지만 사방이 어둡다. 눈을 뜬 건지 감은 건지 구분할 수 없을 만큼 어둡기만 하다. 돌아왔던 의식이 점차 희미해지고 꿈인지 생시인지 알아차리기도 전에 다시 눈을 감고 잠이 든다. 잠시 중단되었던 꿈을 곧바로 이어서 꾼다. 그 꿈을 몇 번째 반복해서 꾸고 있는지 모른다.

누구나 자신을 꿈속에 가두고 새벽을 보낸다.

거실에서 여자가 창문을 하염없이 바라본다. 창문에는 제대로 된 커튼 한 장 달려 있지 않다. 언젠가 커튼 끝자락에 불이 붙어 절반 이상이 다 타버린 뒤로 지금껏 커튼을 달지 않고 있다. 그 사실을 까맣게 잊은 여자가 창문에 비친 자신을 바라본다. 창문이 흔들리면서 여자의 모습이 흐릿해졌다가 선명해지기를 반복하고 있다. 바람이 멎지 않아서 좀처럼 멈추지 않는다.

여자는 주방의 수납장을 열어 냄비를 꺼낸다. 수프를 끓이면 열흘은 꼬박 먹을 수 있을 만큼 크고 깊은 냄비에 물을 가득 받아 약한 불에 데운다. 냄비에 담긴 물의 양에 비해 불이 너무 약해서 한참이 지나도 물은 끓어오르지 않는다. 불을 살짝 키우고 여자는 최근에 아이를 씻겼던 기억을 떠올린다. 아무래도 그건 너무 오래되었다.

언제부턴가 집에 온수가 나오지 않아 여자는 아이의 목욕물을 손수 데워야 한다. 처음엔 미지근한 물이라도 나왔지만 날이 추워지면서 지금은 그마저도 나오지 않는다. 손잡이를 이리저리 돌려보아도 얼음장처럼 차가운 물만 쏟아져 나올 뿐이다. 번거롭지만 아이를 씻기는 일을 게을리 할 수 없기에 여자는 오늘도 목욕물을 데운다. 여전히 물은 끓어오를 기미가 없고 가스 불만 고요히 타오르고 있다.

동이 트고 나서야
아이를 씻길 수 있겠지.

여자는 창 너머를 바라본다. 유독 차갑고 건조해 보이는 대기가 바깥에 있다. 창문으로 내다보는 게 전부이기에 여자는 바깥의 날씨가 얼마나 추워졌는지 모른다. 멀리 보이는 나무의 잎이 다 떨어지고 가지가 앙상해지는 걸 바라보며 한 계절이 지나고 또 다른 계절이 오는 걸 어렴풋이 느낄 뿐이다. 도시의 겨울은 유독 춥고 눈이 자주 내린다. 한번 쌓인 눈은 잘 녹지 않아서 어디든지 하얀 풍경이 펼쳐진다. 길이 지워져서 가끔 누군가 길을 잃기도 한다. 눈이 녹고 겨울이 지나도 돌아오는 법이 없다.

일인용 소파에 앉은 여자의 눈이 감긴다. 온몸에 힘이 빠지면서 협탁에 걸치고 있던 팔이 손수건과 함께 아래로 떨어진다. 손수건이 발치에 떨어진 것도 모르고 여자는 잠에 들어간다. 그 순간 수면 위로 수증기가 한 가닥 피어오르고 이내 흔적도 없이 사라진다. 시간이 지나 물이 서서히 끓어오르기 시작한다. 넘친 물이 냄비를 타고 흘러내리고 주방 한 구석에 뿌연 수증기가 점점 더 몸집을 부풀리며 솟아오른다.

거실 창문 밑부분에 작게 김이 서린다. 그러자 예전에 아이가 찍어놓은 손자국이 희미하게 떠오른다. 방에 잠들어 있는 아이의 손과 얼추 비슷한 크기이다. 아이는 뭐든 손으로 만져보곤 했으니 집에는 이런 손자국이 셀 수 없이 많을 것이다. 그 옆에 나란히 손자국이 하나 더 찍혀 있다. 아이의 것보다 분명 더 크고 흐릿하게 남아 있다. 두 손자국은 가까이 붙어 있지만 어디 하나 겹치지 않는다. 그저 가끔 동시에 떠오를 뿐이다.

7

숲에서 새가 길게 운다. 숲에 사는 새들은 나무에 몸을 숨기고 우는 게 전부다. 하늘을 나는 법을 잊은 것처럼 울기만 한다. 그보다 더 나은 일은 없다는 듯 울고만 있을 뿐이다. 그렇게 모두가 살아서 서로의 비명을 듣는다. 서로의 모습이 보이지 않으니 그건 유일한 안부가 된다. 검은 모포를 두른 사내가 언제나처럼 낮고 빠르게 말한다.

들어가도 됩니까.
들어가면 안 됩니까.

사내의 말이 바람을 타고 멀리 날아간다. 어떤 말들은 새들이 물어간다. 돌아올 수 없는 곳까지 멀리 물고 가버려서 숲에는 없는 말이 된다. 하물며 말을 물고 떠나간 새는 돌아오는 법이 없다.

8

도시의 동쪽에 동이 튼다. 눈부신 빛이 거리를 고요히 비춘다. 지붕에 굴뚝이 달린 집들의 그림자가 떠오른다. 서로의 간격이 너무나 좁아서 겹치고 뭉개지고 부서진 채로 거리에 떠올라 있다. 도시의 창문마다 햇빛이 쏟아져 들어온다. 누군가 떠나 비워진 집이라 하더라도 빛은 전과 같은 자리를 비춘다. 집 안에 누워 잠이 들어 있던 사람들의 얼굴에도 환하게 빛이 떠오른다. 몸에 덮인 이불을 걷으며 하나둘 잠에서 깨어난다. 간밤에 꾼 꿈을 떠올리려 애쓰지만 그럴수록 더 잊혀갈 뿐이다. 매일 어떤 기억을 잃은 채로 하루를 시작한다. 하루의 기본이 되는 슬픔이 있다. 슬픔의 크기는 각자 달라서 서로 다른 하루를 흘려보낸다.

여자의 집 안은 어느새 연기로 가득하다. 빛은 연기를 통과하지 못하고 창가에 머물러 연기의 겉면만을 비춘다. 자세히 들여다보면 연기에도 결이 있고 모양이 있다. 손에 잡히지 않는 것에도 분명 그런 것이 있다. 연기는 허공을 가르고 엇갈리고 풀어지며 집 안을 잠식한다. 그 순간 여자가 눈을 뜬다. 작게 벌어진 입으로 연기가 흘러들어가고 있다. 몇 차례 잔기침을 하며 손으로 협탁 위를 더듬어보지만 여자의 손에 손수건은 잡히지 않는다. 손수건은 전과 같은 자리에 떨어져 있다. 협탁에 잘 개어놓았던 손수건이 어째서 거기 떨어져 있는지 여자로선 도무지 알 수 없다. 여자는 일인용 소파에서 일어나 창문을 향해 걸어간다. 창문과 가까워질수록 바깥의 풍경이 선명하게 보인다.

동이 트고 말았어.
오늘은 아이를 씻겨야 하는데.
지저분한 아이로 자라게 할 수 없지.

여자가 유리창에 손을 가져다 대자 아이의 손자국이 가려진다. 손바닥 아래로 작은 온기가 느껴진다. 유리창을 통과한 햇빛이 손바닥 위로 넓게 번져 있다. 힘을 주어 창문을 밀어보지만 여자의 손은 자꾸만 미끄러진다. 창문에 새겨져 있던 손자국들이 모두 지워져가고 있다. 아무런 흔적도 없이 지워져버려서 거기 손자국이 새겨져 있던 걸 아무도 모르게 된다. 창문은 아무리 밀어도 열리지 않는다. 여자가 손을 떼자 투명한 물방울이 한 줄기 흘러내릴 뿐이다.

여자는 이내 창문 여는 걸 포기하고 주방으로 향한다. 냄비에 차 있던 물은 어느새 절반가량 줄어들어 있다. 불을 껐지만 아직도 연기가 냄비 밖으로 흘러나오고 희미하게 탄내가 나는 것 같기도 하다. 여자는 곧장 현관으로 가 문을 활짝 열어젖힌다. 그러자 집 안에 고여 있던 연기가 조금씩 밖으로 빠져나가기 시작한다. 여자는 벽에 기대앉아 연신 가쁜 숨을 몰아쉰다. 땀이 배어 나온 얼굴을 손수건으로 닦아내며 침착하게 주변을 살핀다. 현관은 오랫동안 쓸고 닦지 않아서 묵은 먼지가 가득하다. 거기 낡은 신발 한 켤레가 흐트러져 있다.

문득 연기 너머로 사람의 형체가 보인다. 현관문 앞에 한 사람이 우두커니 서 있다. 자그만 몸집 때문인지 언뜻 보면 여자와 같은 사람처럼 보인다. 여자가 자리에서 일어나자 현관 센서등이 켜지고 낯익은 얼굴이 선명하게 떠오른다.

문을 두드리지도 않았는데
어떻게 알고 문을 열어주었구나.
앞으로는 문을 두드리면 열어라.

여자의 어머니가 집 안으로 걸어 들어온다. 현관문이 저절로 닫히면서 고요하고 적막한 집 안에 신호탄 같은 소리가 비명처럼 짧게 울리고 사라진다. 그로부터 얼마 지나지 않아 현관 센서등이 꺼진다. 여자는 여전히 차가운 현관에 맨발로 서 있다.

9

집 안의 모든 풍경이 희미하다. 안개가 깔린 듯 어디든 고르고 공평하게 희미해져 있다. 현관문을 잠시 열어두어서 전보다 많은 양의 연기가 걷혔지만 아직 말끔히 가시지는 않았다. 오늘따라 바깥은 더욱 맑고 쾌청해 보인다. 창문에는 여자의 손자국이 찍혀 있다. 자세히 보지 않으면 알 수 없을 정도로 투명하게 남아 있다. 언젠가 시간이 흘러 창문 위로 떠오른 손자국을 누군가 발견하게 될지도 모른다. 그런다 한들 아이의 손자국은 지워지고 어디에도 없다.

여자의 어머니가 말없이 서서 거실을 둘러본다. 협탁을 쓸어보기도 하고 위에 놓인 조명등을 켜고 끄기도 한다. 벽에 걸린 그림을 한참 동안 바라보기도 하고 몰래 만져보기도 한다. 집은 너무나 단출해서 딱히 구경할 만한 게 없음에도 뭐든 보고 만지며 거실을 돌아다닌다. 여자가 멀리 떨어져 그 모습을 지켜보고 있지만 아랑곳하지 않는다. 마치 여자의 집에 방문하는 날이 이번이 처음이자 마지막이기라도 한 것처럼 거실 풍경을 하나도 빠짐없이 눈에 담고 있다. 그러다 문득 방문 앞에 선 어머니를 보고 여자가 속삭이듯 말한다.

어머니, 거긴 아이가 잠들어 있어요.
너무나 작고 어린 아이가요.

그러냐. 정말 네 말대로 아이가 있느냐.

여자의 어머니가 방문 앞에 한참을 서 있다 거실로 돌아온다. 여자는 그제야 손에 쥔 손수건을 발견하고 허공에 펼쳐본다. 여태 손에 쥐고 있었던 터라 여기저기 구김이 가 있다. 여자는 곧장 화장실로 들어가 세면대 마개를 막고 물을 튼다. 언제 생겼는지 모를 얼룩들이 가득한 손수건을 비누로 거품을 내 몇 차례 치대고 헹군다. 마개를 열자 탁해진 물이 밑으로 빨려 내려간다. 마개 주변으로 작은 소용돌이가 생기고 사라진다. 꽉 짜낸 손수건을 잘 펴서 널어놓는 여자의 손끝이 붉게 물들어 있다.

주방은 전과 같은 모습을 찾아가고 있다. 방금까지 연기를 토해내던 냄비가 얌전히 놓여 있다. 냄비에 담긴 물은 여전히 뜨겁다. 불을 끈 지 얼마 지나지 않았으니 조금도 식지 않았다. 물을 반쯤 더 채우고 목욕물을 다시 데울 수도 있겠지만 굳이 그렇게 하지 않는다. 냄비의 물이 식어가는 걸 여자가 곁에 서서 바라본다.

10

얼어붙은 호수 위를 내가 걸어간다.

조금도 가까워질 수 없는 마음으로
당신과 멀어지고 있어.

11

한낮의 햇빛이 집 안을 고요히 비춘다. 거실에 놓인 사물마다 그림자가 진다. 여자의 어머니를 본뜬 그림자가 거실 벽에 그림처럼 떠오른다. 몸은 일인용 소파에 가려 있으니 보이는 건 산발한 머리가 전부다. 햇빛은 딱 거실까지만 비춘다. 그늘진 주방에서 여자가 찻잔을 골라낸다. 찻잔은 대개 상태가 좋지 못하다. 대부분 이가 나가 있거나 금이 가 있다. 아예 깨져버린 것도 있다. 그나마 온전한 건 오직 한 세

트뿐이다. 아무래도 집에 손님이 찾아온 지 너무 오래되었다고 여자는 생각한다.

아무런 문양도 새겨져 있지 않은 하얀 찻잔과 받침을 꺼낸다. 혹시나 깨지지 않도록 조심스럽게 거품을 내 씻는다. 물기가 빠지도록 선반에 뒤집어놓고 주전자에 물을 끓인다. 찻잎이 담긴 투명한 유리병을 꺼낸 여자는 한참을 돌려가며 겉면을 살핀다. 언젠가 유리병 겉면에 차의 종류와 이름을 적어두었지만 이젠 알아볼 수 없을 정도로 지워져 있다. 이름 모를 찻잎을 주전자 안으로 떨어뜨리고 여자는 뚜껑을 덮는다. 약한 불에 잘 우려진 차는 은은한 붉은빛을 띤다. 여자는 쟁반을 꺼내 차를 내어 간다. 협탁 위로 조심스럽게 찻잔을 내려두자 여자의 어머니가 가만히 입을 열어 중얼거린다.

얘야, 잠든 아이는 깨우지 마라.
혹시나 깨어나거든 그 애 이름을 지어줘라.
돌아오지 않으면 자주 불러주면 된다.
그러면 좀 나아진다.

여자는 아무런 말 없이 찻잔을 내려다본다. 손에 들린 쟁반이 금방이라도 떨어질 것처럼 아슬아슬하게 매달려 있다. 자신이 쟁반을 들고 있다는 걸 잊은 것처럼 손에는 전혀 힘이 없다. 결국 바닥에 떨어진 쟁반이 둔탁한 소리를 내며 적막을 깬다. 찻잔에 담긴 차가 미세하게 일렁인다. 여자의 어머니는 전혀 놀라는 기색 없이 차분하고 고른 숨을 내쉰다. 마지막 말을 끝으로 순식간에 깊이 잠들어간다. 여자는 자신과 같은 모습과 얼굴을 하고 일인용 소파에 앉아 잠든 어머니를 골똘히 바라본다. 매일같이 일인용 소파에서 잠들고 깨어나는 여자는 다른 사람이 소파에 앉아 잠들어 있는 걸 본 적이 없다. 그래서 여자는 마치 자신을 내려다보고 있는 것처럼 보인다. 마치 깊은 잠에 빠진 자신의 얼굴을 물끄러미 바라보고 있는 것처럼 보인다. 무심한 얼굴을 하고서 여자는 아주 오래도록 곁에 서 있다.

하얀 찻잔에서 하염없이 김이 피어오른다. 향긋한 향기를 품고 둘 사이를 희미하게 가른다. 수면에 떠오른 찻잎이 하나둘 찻잔 아래로 가라앉고 손도 대지 않은 차가 식어간다. 여자는 벽에 기대어 앉아 어머니가 깨어나길 기다린다. 이대로 하루가 다 지나가버릴지도 모른다는 생각을 아주 잠깐씩 하기도 한다. 여자는 두 다리를 끌어안고 거기 얼굴을 깊게 파묻는다. 그러자 여자의 몸이 어머니의 그림자에 교묘하게 가려진다. 거실 벽 한구석에 갇힌 여자는 모르고 있다. 여자의 어머니가 눈을 뜨고 자신을 내려다보고 있는 걸 알 리가 없다.

12

구름이 해를 가리며 지나간다. 거실을 비추던 빛이 일체 사라진다. 어두워진 거실에서 여자의 어머니가 천천히 일어난다. 한 걸음 앞으로 걸어가 벽에 기대 몸을 웅크린 여자를 바라본다. 걸음을 쉽게 뗄 수 없는지 한참을 그렇게 서 있다. 여자의 어머니는 멀리 보이는 방문을 열고 들어가본 적이 없다. 매번 방문이 닫혀 있으니 방 안을 본 적도 없고, 아이를 보거나 목소리나 울음소리를 들은 적도 없다. 아이는 여태 깨지 않고 깊은 잠이 들어 있다. 몸 위로 얇은 이불이 덮여 있을 뿐이다.

거실에 빛이 들기 전에 여자의 어머니가 집을 나선다. 어디로 향해 가는지는 모른다. 어디로든 나아가기도 전에 현관문이 닫혀버렸으니 알 수가 없다. 어쩌면 여자의 어머니는 다시 현관문을 마주하고 설지도 모른다. 문을 일절 두드리지 않고서 문이 열리길 기다리고 있을지도 모른다. 매번 그런 방식으로 여자를 기다리고 있는 걸지라도 여자는 바깥에서 일어나는 일에 대해 전혀 모른다. 현관엔 그저 낡은 신발 한 켤레가 흐트러져 있을 뿐이다.

13

바람 한 점 불지 않고 숲은 멈춰 있다. 작은 몸을 숨기고 있던 새가 나무에서 떨어진다. 무성한 잡풀 사이로 새가 날개를 접고 떨고 있다. 얼마간의 시간이 지나 숨이 끊어지고 순간 또 다른 새가 숲의 저편에서 떨어진다. 추락하는 새들은 울지 않는다. 그저 같은 방식으로 숨을 끊어내고 있을 뿐이다. 새들의 작은 기척이 숲에 만연하다. 검은 모포를 두른 사내가 좀더 작고 빠르게 속삭인다. 사내 앞에는 죽은 나무가 서 있다. 뿌리를 다 드러낸 채 썩어가고 있다.

들어가도 됩니까.
들어가면 안 됩니까.
죽어도 들어가면 안 됩니까.

그럼…… 나가는 길은 어디에 있습니까.

사내의 말이 숲에 갇혀 있다. 새들은 더 이상 말을 물어가지 않고 죽는다. 죽어서 딱딱하게 굳어가는 새의 몸 위로 말들이 덮이고 무덤처럼 쌓인다. 잡풀 사이로 검게 솟아나 있는 사내가 여전히 거기 있다.

14

집 안을 비추던 햇빛이 점차 물러간다. 창가에 작은 얼룩처럼 애타게 매달린다. 결국 손을 놓고 추락하게 되겠지만 최선을 다한다. 찰나에 햇빛이 흔적도 없이 사라진다. 집 안은 걷잡을 수 없이 어두워진다. 벽에 기대 잠들어 있던 여자가 가만히 고개를 든다. 일인용 소파를 바라보다 눈앞에 찻잔을 집어 든다. 차갑게 식은 차에서 더는 향이 나지 않는다. 여자는 쟁반에 찻잔을 올리고 주방으로 간다. 찻잔에 담긴 차를 그대로 쏟아붓자 찻잎이 싱크대 위에 찌꺼기처럼 남는다. 냄비 안에 담긴 물도 어느샌가 차갑게 식어 있다. 한 번도 끓었던 적이 없는 것처럼 조금의 온기도 없다. 냄비 밑부분이 넓게 그을려 있을 뿐이다. 여자가 냄비를 기울여 물을 버리자 찻잎이 모두 한데 쓸려 내려간다. 화장실에 들어가 손을 씻던 여자가 문득 뒤편에 걸린 손수건을 바라본다. 젖은 손수건 끝자락에 물방울이 매달려 있다.

방은 여전히 어둡다. 언제나 방문이 닫혀 있고 빛이 가로막혀 있다. 창문이 있지만 몸집이 큰 가구에 가려져 있고 천장에는 수명이 다한 형광등이 매달려 있다. 아무리 스위치를 켜고 꺼도 불이 들어오지 않는다. 물론 누구도 스위치를 켜거나 가구를 치우려 하지 않는다. 그래서 방은 어둠에 잠긴 채 기약도 없이 아주 긴 시간을 통과하고 있다.

방문을 열고 여자가 들어간다. 방문을 닫는 걸 잊어서 방 안으로 거실의 빛이 새어 들어간다. 유일한 빛이 요람을 고스란히 비춘다. 여자는 서랍을 열어 켜켜이 쌓인 이불 한 장을 꺼낸다. 아이의 몸에 덮인 이불을 천천히 걷어내고 새 이불을 덮는다. 하얀 이불에 아이의 작은 몸이 잘 가리어진다.

오늘도 아이를 씻기지 못했으니까
어떤 이름도 지어줄 수 없겠지.

여자는 아이가 덮고 있던 이불을 매만진다. 이불 끝자락에 작게 자수가 놓여 있다. 그걸 손끝으로 어루만지고 빤히 들여다보다 여자는 이내 자신의 얼굴을 가린다. 어깨가 떨리고 몸이 작게 들썩인다. 숨을 죽이고 흐느끼며 마른 손으로 요람을 부여잡고 흔든다. 난간에 설치된 모빌이 시계 방향으로 돌아가며 작고 아름다운 종소리를 낸다. 아이는 인형을 향해 손을 뻗거나 박수를 치지 않는다. 허공을 향해 발을 쳐들지도 팔을 휘저으며 웃지도 않는다. 그저 얌전히 눈을 감고 잠이 들어 있을 뿐이다. 여자는 여전히 방 안에 있고 방문이 저절로 닫힌다.

도시의 동쪽은 밤이 된다. 각자의 일과를 마친 이들이 하나둘 거리로 나온다. 집을 향해 가는 그림자가 거리를 가득 채운다. 오늘따라 유독 검고 짙은 그림자를 짓밟고 뭉개고 뛰어넘으며 집으로 돌아간다. 온갖 먼지를 뒤집어쓰고서 일제히 집에 도착한다. 아침에 걷어낸 모습 그대로 이불이 놓여 있다. 거기 도로 들어가 누워 눈을 감는다. 모두가 잠이 들고 꿈을 꾸기 직전이다. 도시의 모든 불빛이 동시에 꺼진다.

15

얼어붙은 호수 위에서 춤을 춘다.
아름다워지기 위해 멈추지 않는다.
나와 같은 얼굴을 한 당신이 멀리서 비명만 지르고 있어.
순간 단 하나의 금이 호수를 길게 가른다.

16

숲은 언제나 도시의 서쪽에 있다. 나침반 없이도 해가 저무는 방향을 따라 숲에 도착할 수 있다. 도시의 사람들은 언제나 떠오르는 해를 등지고 숲을 향해 간다. 숲의 그늘 아래 각자의 그림자를 숨긴다. 도시에는 없는 자유를 만끽하며 숲을 거닌다. 그러다 보면 누구나 호수를 발견한다. 호숫가에는 버려진 낚싯대나 간이 의자 하나 없다. 종이 돛단배나 작은 오두막집 하나 없고, 누군가 호수에 다녀가거나 머무른 흔적이 전혀 없다.

호수의 수면이 빛을 머금고 눈부시게 빛난다. 나뭇잎 하나가 수면 위를 유유히 떠다니다가 아래로 가라앉는다. 그걸 멀리서 지켜보던 사람들이 일제히 탄식을 내지른다. 한번 가라앉은 것은 다시는 떠오르지 않기에 호수에 어떤 것들이 가라앉아 있는지 아무도 모른다. 사람들은 모두 나무 그늘 아래 발을 붙이고 서 있다. 거기서 한 걸음 더 나아가면 빛이 있고 호수가 펼쳐지지만 멀리서 바라보다 걸음을 돌릴 뿐이다. 돌 하나 던지지 않고 모두 떠나가버려서 수면은 언제나 흔들리지 않고 고요하다. 수면 위로 비친 모든 풍경이 정지해 있다.

호숫가에 한 연인이 있다. 다리를 모으고 잡풀 사이에 나체의 몸을 가린 채 앉아 있다. 정면에 너무나 아름다운 호수가 펼쳐져 있고 그걸 차분히 바라보고 있다. 그들의 발치에 수면이 있고 그 위로 하얀 구름이 떠 있다. 어디로도 흘러가지 않고 고요히 떠 있을 뿐이다. 한마디로, 구름이 해를 가려서 호수에 유일한 빛이 사라지고 없다. 연인은 호수를 끼고 시계 방향으로 돈다. 그들의 오른편엔 언제나 아름다운 호수가 있다. 그렇기에 그들은 항상 같은 방향으로 고개를 돌려 호수를 바라본다. 왼편에 선 남자는 오른편에 선 여자의 뒷모습만을 본다. 오른편에 선 여자는 왼편에 선 남자의 얼굴을 잊었다. 손을 잡고 있지만 서로가 서로를 떠나고 있다. 그들은 호수를 떠나지 못해서 남겨져 있다. 시간이 흘러 구름이 걷히고 호숫가에 서서히 빛이 들어찬다. 처음과 같은 양의 빛이 호수를 비추고 있다. 어느새 연인은 사라지고 어디에도 없다. 그들이 있던 자리에 빛이 유일하게 남아 있다.

17

숲에 바람이 불고 그친다. 숲으로 날아들던 작고 검은 새들이 더는 없다. 곳곳에 만연하던 새의 울음소리 또한 없다. 숲에 숨어 살던 새들은 모두 같은 방식으로 죽는다. 가장 높은 곳에서 추락해 바위에 곤두박질친다. 온몸이 부서진 채로 무성한 잡풀 사이에 누워 차갑게 굳어간다. 다시는 날지 못하리란 걸 아는 것처럼 날개가 가지런히 접혀 있다. 새들은 죽는 순간까지 서로를 보지 못한다. 단지 몸을 숨기고 각자 죽어갈 뿐이다. 검은 모포를 두른 사내가 우두커니 서 있다. 얼핏 보면 숲의 유일한 그림자가 형체를 갖고 솟아나 있는 것처럼 보인다. 검은 그림자의 발치에서 최후의 새가 숨을 끊어내고 그 순간 사내가 숨을 멈추고 입술을 굳게 다문다. 나약한 입김이 허공으로 흔적도 없이 사라져간다. 검은 모포가 풀썩 주저앉으며 잿빛 먼지가 사방에 날린다. 바람이 멎어버린 숲의 새벽을 고요히 부양한다.

동생이 실종된 뒤로 괄호는 수시로 발견되었다. 그것은 난로의 온기를 쬐기도 하고 화단에 이슬처럼 고요히 맺혀 있기도 했다. 커튼 자락에 매달려 흔들거렸고 식탁 위로 튀어 올라 입을 벌리기도 했다. 가끔 한낮에 햇볕이 잘 드는 창가에 누워 양팔을 휘저었다. 창문 틈새로 넘어오는 낯선 이의 목소리에 금세 몸을 움츠리고 하염없이 떠는 건 이제는 내게 익숙했다.

폭우가 내리던 날엔 처마 끝에 매달려 비를 그었다. 처마에 고이는 빗물을 따라 괄호는 하나둘 옆으로 줄지어 매달렸다. 그러다 어디선가 날아든 새에게 온몸을 쪼이곤 체념한 듯 집 안으로 들어왔다. 축축이 젖은 채로 집 안에 흘러 다닐 때면 애처롭기보단 불안해 견딜 수 없었다. 금방이라도 어디론가 증발해버릴 것 같았으니까.

괄호는 여러 형태로 존재했다. 풍경들 사이에 그악스럽게 들어앉아 있다가도 금세 허공에 풀어지고 희석되어 흔적으로만 겨우 남겨지곤 했다. 때론 누런 벽에 얼룩져 있었는데, 어머니가 물에 젖은 걸레를 손에 쥐고 북북 닦아내곤 했다. 괄호는 잠시 희미해지더니 다시금 단단하게 뭉쳐 풍경 위로 선명하게 떠올랐다. 어머니는, 어머니의 목에 감긴 괄호를 그때까지만 해도 알아차리지 못하는 눈치였다. 괄호를 풀어내기 위해 가까이 다가가기라도 하면 어머니는 고요히 읊조렸다.

목이 마르구나. 물 좀 다오, 아가.

*

괄호는 내 발치에 몸을 웅크린 채 놓여 있었다. 가까이 다가가면 고개를 돌려 슬그머니 나를 올려다보는 것처럼 느껴지곤 했다. 나는 단 한 번도 몸을 숙여 동생과 눈높이를 맞춘 적이 없었기 때문에 공교롭게도, 나는 그럴 때마다 동생을 떠올렸다.

동생은 최소한으로 존재했다. 최소한의 반경에서, 최소한의 움직임으로, 최소한의 숨을 들이마시고 내쉬었다. 내가 기억하는 한 동생의 일생이 그랬다. 동생에게 허락된 최소한의 반경은 작은방이었다. 거긴 해가 들지 않아서 언제나 서늘한 그늘이었다. 방 한구석에는 늘 얇은 요 한 장이 깔려 있었는데, 어느 겨울날 아버지가 가져온 등유 난로의 열기로 검게 그을려진 장판을 가리기 위한 용도였다. 동생은 그 위를 좀처럼 벗어나지 않았다. 가끔 요를 빨아 마당에 널어두기라도 하면 금세 다른 요를 가져와 깔고 누웠다. 비좁은 반경 안에서 하는 일이라곤 딱히 없었다. 언제나 거기 태아처럼 등허리를 한껏 구부린 채 누워 위태롭게 숨을 흩트리는 게 전부였다. 그 누구에게도 요 위를 함부로 내어주지 않았다. 아마도 그건 동생의 유일한 권리이자 의무였다.

동생이 풍경의 일부가 되어가는 동안 많은 계절이 지나갔다. 가끔 동생이 방 안에 있다는 걸 잊을 지경이었다. 아주 드물게 동생은 아버지를 불렀다. 그럴 때면 아버지는 동생을 등에 업고 달래가며 한없이 걸었다. 걷고 또 걸었지만 방 안이었다. 방 안을 빙빙 맴돌며 노래를 흥얼대거나 이런저런 이야기를 들려주곤 했다. 아버지의 팔 아래로 고목처럼 마른 동생의 다리가 보였다. 잠이 들었는지 축 늘어진 동생의 몸을 오직 나 혼자 지켜봤다. 저 문 너머 숨 죽이고 서 있는 어머니를 까맣게 잊고서.

괄호를 처음 발견한 뒤로 그것은 집 안 곳곳에 걷잡을 수 없이 생겨났다. 아버지가 빗자루로 대문 밖까지 쓸어놓았지만 돌아보면 어느새 또 다른 괄호들이 가득했다. 아무리 눈앞에서 치워내려고 해도 괄호는 고집스럽게 따라붙었다. 불가분의 관계였다. 시간이 지날수록 우리는 그러한 사실에 간단하게 동의한 채 살아갔다. 쉽게 인정하고 동의한 채로 살아가면 모든 게 편했다. 물론 동생의 실종은 아니었지만.

집이 아닌 다른 곳에서 처음 괄호를 발견한 건 아버지였다. 그날은 오일장이었다. 장을 보고 돌아오는 길에 비가 내려서 아버지는 어김없이 길을 잃었다. 항상 다니던 길이었지만 비만 오면 길을 잃고 헤매기 일쑤였다. 아무도 그 이유를 알지 못했고, 알려고 하지도 않았다. 언젠가 예고도 없이 비가 오는 바람에 며칠간 집을 찾아오지 못한 적도 있었지만, 비가 그치고 날이 개면 곧잘 집으로 돌아왔으므로 크게 문제될 건 없었다.

아버지는 서리태가 가득 든 검은 봉지를 손에 들고서 한동안 사거리에 서 있었다. 익숙한 길을 따라 걸어왔지만 더는 앞으로 나아갈 수 없었다. 몸은 이미 비에 젖었고 기억은 멎은 지 오래였다. 점점 더 거세지는 빗줄기를 피하기 위해 아버지는 사거리에 있는 집 대문 앞에 섰다. 마을에서 유일한 폐가였다. 대를 이어 살다가 무슨 이유에선지 지금은 아무도 살고 있지 않았다. 그즈음 폐가를 둘러싼 소문만이 무성했다.

비가 오니 잠시 좀 들어가겠네……

오랫동안 방치되어 녹슬고 부식된 대문을 열자 폐가가 보였다. 문을 누가 뜯어가기라도 한 건지 집 안이 훤히 보였다. 대충 봐도 집 안은 엉망이었다. 거실 벽면에 가족사진이 힘겹게 걸려 있었고 서랍장은 보란 듯이 칸칸이 열려 있었다. 질서 없이 바닥에 나뒹구는 세간이 그간의 사정을 설명하는 듯 보였다. 들쥐들이 숨어들어 지냈는지 가까이 다가갈수록 분뇨 냄새가 진동했다. 그리고 괄호. 그것은 폐가 곳곳에 있었다. 갈라져 금이 간 벽 틈 사이나 섬돌 밑에 죽은 이의 뼈처럼 앙상하게 마른 괄호들이 자리를 지키고 있었다. 손으로 건드리면 금방이라도 부스러질 듯 위태로워 보였다. 아버지는 마루에 쌓인 먼지를 쓸어내고 앉아 내리는 비를 바라봤다.

어쩌다 여기까지 왔는지. 비가 그치면 돌아가겠네. 분명 비가 그치면 함께……

아버지의 말이 쏟아지는 빗줄기에 잠기듯 묻혔다. 그 순간에도 기억은 빗물에 씻겨 강으로 바다로 흘러들어가고 있었다.

이제는 그 모든 풍경에 괄호가 있었다. 언제 어디서나 괄호는 목격되었다. 우리뿐만 아니라 마을 사람들에게도 예외는 아니었다. 마을 사람들은 괄호의 존재를 알면서도 다들 쉬쉬하는 눈치였다. 그들은 가끔 서로 마주치면 못 본 척 지나가거나 간단히 안부를 묻는 정도로 말을 아꼈다. 약속이라도 한 듯 괄호에 대해 입 밖으로 꺼내지 않았다. 철저히 개인의 일이었다. 슬픔을 포함한 모든 감정이 그랬다. 우리는 각자의 슬픔에 치중한 채 살아갔다. 슬픔은 나눌수록 배가 되는 법이니까. 우리는 그걸 알아서, 서로를 방관하기로 했다.

그럴 때마다 나는 우리와 그들 사이에 어떠한 시차가 존재한다고 생각했다. 우리가 살아가는 시간과 그들이 살아가는 시간 사이에는 분명 무언가 있을 거라고. 그 사이에서 우리는 단지 아득한 멀미를 느끼고 있는 걸지도 몰랐다.

*

아버지는 택시 기사였다. 내가 막 걸음마를 뗐을 때 얻은 첫 직장이었다. 몇 군데 회사에 이력서를 넣었지만 번번이 서류 심사에서 떨어졌다고 했다. 별 볼 일 없는 이력에 자격증이라곤 겨우 운전면허가 전부였으니, 아버지는 자연스럽게 택시 기사가 됐다. 그 당시 아버지는 택시 기사야말로 자신에게 가장 어울리는 직업이라 생각했을지도 모른다.

아버지는 주로 버스가 끊긴 시간에 택시를 몰고 나갔다. 새벽을 꼬박 달려 하루치 사납금을 벌었다. 승객을 한 명도 태우지 못하는 날이면 갓길에 택시를 세워두었다가 해가 중천에 뜨고 나서야 벌건 눈을 하고서 집으로 돌아왔다. 아버지는 승객 몇 명에 기뻐하고 슬퍼했다. 그런 삶이었다. 미터기가 뿜어내는 나약한 불빛이 아버지에겐 전부였다. 미터기를 끄는 순간 세상에 남은 모든 불빛이 꺼지듯, 어둠은 그렇게 찾아왔다. 가끔 만취한 승객에게 팁을 받는 일이 있었는데 그럴 때면 아버지는 트럭에서 파는 통닭구이를 사 왔다. 갈색 종이봉투를 품 안에 넣고 돌아온 아버지에게서 은근한 기름 냄새가 풍겼다. 우리는 입 주변에 기름을 잔뜩 묻히며 맨손으로 살을 쩍쩍 찢어냈다. 그렇게 한참을 먹다 배가 부르면 발라낸 뼈를 한쪽에 밀어두고 요 위에 드러누웠다. 형광등 불빛에 번쩍이는 서로의 얼굴을 보며 우리는 웃었다.

괄호 안에 만월이 담긴 날, 우리는 택시 안에 몸을 구겨 넣고서 일정한 속도로 밤을 가로질렀다. 승객이 끊긴 지 오래였고 택시는 허구한 날 말썽이었다. 10년을 넘게 탄 세월도 세월이지만 비가 오는 날을 제외하곤 하루도 빠짐없이 달려댄 탓에 주행 거리도 한몫했을 것이다. 택시는 양쪽 방향 지시등이 고장 난 채로 어둠에 삼켜지듯 빨려 들어갔다. 아무리 방향 지시등을 켜도 깜빡이는 소리만 날 뿐 좀체 불이 들어오지 않았다. 그런데도 아버지는 차선을 옮길 때마다 습관처럼 부지런히 방향 지시등을 켜고 껐다. 아무렴 괜찮았다. 그즈음 아버지에게는 아무런 방향도 목적지도 없었다.

당신, 저기 좀 봐요. 강 위 말이에요.

강변을 따라 달리는 택시 안에서 어머니는 창밖을 보며 중얼거렸다. 가로등 아래를 지날 때마다 표정을 지운 어머니의 얼굴이 창문에 수면처럼 떠올랐다.

강 위에 있다니까요. 지금 막 수면 위를 걸어가는 중인데…… 보이지 않으세요?

아버지는 말이 없었다. 그저 두 손으로 핸들을 꽉 쥐고 정면을 응시했다. 오직 택시를 스쳐가는 풍경들에 집중했다. 그러다 보면 하루가, 일 년이, 수십 해가 흘러 마침내 택시 기사의 생애까지도 이 풍경처럼 빠르게 지나갈 수 있을 거라 생각하는 모양이었다.

강변을 지나자 익숙한 집 한 채가 튀어나왔다. 아버지는 그 집을 기억해내려는 듯 잠시 속도를 줄였다. 라디오 주파수가 맞춰진 건 그때였다.

현재 시각, 전국적으로 비 소식이 있으니 외출 시에는 우산을 챙기시길 바랍니다.

일기 예보를 전하는 기상 캐스터의 목소리였다. 아버지는 그제야 문득 하늘을 올려다봤다. 밤하늘은 구름 한 점 없이 맑았다. 비구름이 몰려오기 전에 날이 밝아야 할 텐데. 비가 오면 길을 잃을 게 분명했으니. 아버지는 다시 속도를 냈다. 폐가가 저만치 멀어져가는 것을 보며 라디오에서 흘러나오는 노래를 따라 흥얼거렸다. 간간이 청취자 사연을 들으며 세상이 떠나가라 웃기도 했다. 이상하게 그런 웃음소리는 시간이 지나면 마치 울음소리처럼 들렸다. 너무 웃다 보면 눈물이 나기도 해서, 아버지는 손등으로 눈물을 훔치면서도 실성한 듯 쉬지 않고 웃었다. 주변을 지나는 차 한 대 없어서인지 아버지는 마치 세상에 철저히 홀로 남겨진 것처럼 보였다. 어머니는 그런 아버지를 가만히 바라보다 이내 두 눈을 감았다.

택시는 새벽을 지나 마침내 집에 도착했다.

*

동생의 실종 신고를 마친 날이었다. 긴 장마가 시작되려는지 흐린 날이 지속되고 있었다. 집 안에 어둠이 먼지처럼 가라앉아 있었고 우리는 어둠 앞에서 침묵했다. 너무나 고요해서 숨쉬기조차 힘들 지경이었다. 그래서 나는 가끔 방 안에 물이 가득 차 있는 듯한 환영에 시달렸다. 불면이었다.

나는 반듯이 누워 천장을 응시했다. 지붕에는 작게 균열이

나 있었는데, 비가 오는 날이면 거기로 빗물이 새어 들곤 했다. 장마를 대비해 아버지는 방을 오가며 빗물을 받을 양은 대야를 두었다. 크고 작은 대야가 방 안 곳곳에 놓였고 요를 깔아둔 자리도 예외는 아니었다.

그러한 풍경을 뒤로하고 어머니는 창가에 서 있었다. 커튼이 쳐져 있었기에 어머니의 모습을 비롯한 그 너머의 풍경이 철저하게 가려진 채였다. 하지만 방 안으로 빗물이 떨어져 내리지 않았으므로 나는 창밖을 보지 않고도 아직 비가 내리지 않는단 걸 알고 있었다. 그저 커튼 위로 어머니의 그림자가 차분하게 떠오를 뿐이었다.

얘야, 기다려도 오지 않을 때는 말이다. 그럴 때는 기도를 하면 된다.

어머니의 목소리가 너무도 아득하게 들려서 나는 커튼 뒤에 서 있는 사람이 어머니가 아닐지도 모른다는 생각을 아주 잠깐 했다. 바람이 불었다. 커튼이 허공에서 가만가만 흔들렸다. 그걸 따라 그림자가 제멋대로 수축하고 팽창했다. 커튼 밑단 아래로 보이는 두 발이 왠지 모르게 낯설었다. 하얗게 질린 발끝은 분명 창문을 향해 있었다. 내가 얕은 잠을 자고 깨어날 때까지도 그 모습 그대로였다. 어쩌면 나는 그 모습을 언젠가 꿈에서 본 것도 같았다.

초저녁부터 차분하게 비가 내렸다. 본격적인 장마의 시작이었다. 지붕에 난 틈새로 빗물이 고여 떨어지는 소리가 일정한 간격을 두고 귓가에 들려왔다. 아버지는 괄호에 술을 따라 마셨다. 술이 제법 센 아버지였지만 쉽게 취했다. 괄호를 손에 쥐고서 비틀거리는 아버지의 뒷모습이 조금은 애처롭기까지 했다. 아버지는 손에서 그것을 좀처럼 내려놓지 않았다.

어린 동생에게 처음으로 말을 가르쳐준 건 아버지였다. 동생은 여러 종류의 말을 작은 손으로 만졌다. 충분히 익힐 때까지 발음하며 온몸으로 말을 배웠다. 새라고 발음하며 간지럽다는 듯 웃었고 파도는 무서워했다. 밤은 오래 들여다보면서도 바람은 이해하지 못했다. 아버지는 그럴 때마다 괜찮다고 했다. 괜찮다고 말하면 정말, 다 괜찮아지는 법이니까.

참지 못하면 달아나면 된다. 사는 건 줄기차게 도망가는 것이다. 혹시라도 길을 잃으면 손뼉을 치렴. 그럼 찾으러 가마.

동생은 아버지의 말을 듣고 골똘히 생각하다가 이내 환하게 웃었다. 그때까지만 해도 괄호 안에 온갖 활자를 꾹꾹 눌러 담을 수 있었다.

*

분명 강에서 봤다. 불러도 대답이 없었다.

어머니는 창가에 서서 말했다. 마치 창밖에 있는 누군가에게 말을 거는 것 같았다. 그게 아니면 커튼에 그림자처럼 떠오른 자신에게 최면을 걸듯 끊임없이 말을 이었다.

강으로 가야 한다. 강물이 붇기 전에 찾아와야지. 강물이 붇기 전에……

커튼을 활짝 젖힌 어머니가 방 안으로 걸어 들어왔다. 장롱을 열어 옷과 이불을 차례로 꺼내기 시작했다. 보자기에 얇은 옷가지와 신 한 켤레를 올리고 단단히 묶었다. 모두 동생의 것이었다. 추운 데 있어서 감기가 들었을 거라고, 어머니가 등을 돌린 채 홀로 중얼거렸다.

어머니는 짐을 챙겨 대문을 나서다가도 몇 번이고 집으로 되돌아왔다. 그러고는 애써 신중하게 꾸린 짐을 풀어 헤치고 새롭게 짐을 꾸렸다. 해진 옷을 기워내 챙기기도 하고 화분에 말라비틀어진 꽃을 따다 넣기도 했다. 아버지가 지난 장날에 사 온 무화과를 보자기에 한가득 담기도 했다. 그때마다 신 한 켤레를 꼭 잊지 않고 챙겼기에 어머니는 긴 여행을 준비하는 사람처럼 보였다. 그렇게 하루에도 몇 번씩 짐을 풀고 꾸렸다.

아버지는 여전히 괄호를 손에 쥐고 있었다. 벽에 기대고 앉아 괄호 가득 찬 술을 입안에 조금씩 흘려 넣으며 어머니를 감시하듯 지켜보았다. 어머니는 그 어떤 시선도 느끼지 못하고 그저 지궁스럽게 장롱을 뒤졌다. 가끔 대문을 나서다 혹여나 마을 사람들을 마주치더라도 마찬가지였다. 어머니는 그 무엇도 개의치 않는 듯 보였다.

강 위를 걸어가더라고요. 아시잖아요, 다들…… 그 애는 길을 잃은 것뿐이에요……

눈앞에 없는 강이 마치 흘러가기라도 하듯 어머니는 끝없이 허공을 응시했다. 그 누구도 그런 어머니의 말에 귀를 기울이지 않았다. 마을 사람들은 동생이 이미 이 세상 사람이 아니라고 확신하고 있는 눈치였다. 마을의 길목마다 말린 무화과가 널려 있었다.

집으로 걸어 들어오는 어머니의 등 뒤에 괄호가 돋아났다.

그러는 동안 비는 더 거세게 쏟아져 내렸다. 온 사방에서 들려오는 빗소리가 방 안을 가득 메웠다. 곳곳에 놓인 양은 대야 안으로 빗방울이 떨어질 때마다 또 다른 종류의 빗소리가 방 안을 비집고 들어왔다. 침묵을 깨고 몸집을 키워나가는 그 소리를 나는 견딜 수가 없었다.

금방이라도 무슨 일이 벌어질 것만 같아.

내게서 범람한 말들이 빗소리와 함께 허공으로 분분히 흩어졌다. 빗줄기가 점점 더 거세지더니 얼마 지나지 않아 양은 대야에 물이 가득 차 흘러넘쳤다. 빗물은 바닥에 고이고 어느새 집 안 곳곳으로 흘러들어갔다.

아버지, 바닥에 빗물이 흥건해요. 대야를 비워내야겠으니 이쪽으로 오세요.

내가 서 있는 쪽으로 자꾸만 빗물이 고였다. 빗물이 없는 곳에 가 서면 또다시 빗물이 흘러들어 발을 적셨다. 아무리 빗물을 피해 달아나도 발은 금세 젖기만 했다.

그럼 다 비워내야지. 가만히 있어라……

방문 밖에서 들리는 아버지의 말에 나는 귀를 기울였다. 하지만 그마저도 빗소리에 묻혀 잘 들리지 않았다. 아무도 모르는 사이에 아버지는 이미 방을 지나쳐가고 있었다.

그런데 가만…… 거기가 어디냐.

방은 온통 빗물로 가득했다. 동생의 요는 이미 축축하게 젖어 있었다. 아무리 손뼉을 쳐도 아버지는 방을 찾아오지 못했다. 나라도 양은 대야에 가득 찬 물을 비워내야 했다. 나는 요 위에 놓인 대야를 들여다보았다. 똑— 빗방울이 떨어지자 수면 위로 괄호가 떠올랐다. 그리고 괄호 안에 또 다른 괄호가, 그 안에 또 다른 괄호가 퍼져나갔다. 나는 꽤 오랫동안 괄호를 내려다보았다. 손으로 수면을 쓸어내자, 손가락 사이로 수많은 괄호가 얽혀 올라왔다.

아버지, 이것 보세요. 여기 있어요. 여기 작은방 말이에요……

대야에 가득 찬 물을 그대로 바닥에 쏟아내자 괄호가 물길을 따라 이리저리 흩어졌다. 문밖 저만치에서 그 광경을 보던 아버지가 손뼉을 치며 찢어지게 웃었다. 나는 그 소리를 들으며 두 눈을 감았다.

나는 괄호가 쌓인 요 위에 오롯이 누워 있었다. 굳게 닫힌 괄호 안을 비집고 들어가면 혼자 남겨진 기분이었다. 그 어디에도 활자는 찾아볼 수 없었다. 괄호 안은 수면처럼 고요하고 잔잔했다. 그리고 거기 동생이 있었다. 나는 강 위에 뜬 작은 배처럼 저 멀리 떠나가는 동생을 바라보기만 했다. 꽤나 외로운 시간이었다. 봄은 영영 돌아오지 않을 것 같았다.

아버지는 여전히 길을 잃었다.

*

긴 장마가 지났다. 더 이상 떠내려가는 것 없이 모든 것은 제자리에 놓였다. 잔뜩 불어났던 강물도 서서히 제 높이를 찾아갔다. 방향 지시등이 고장 난 택시도 온전하게 자리를 지켰다. 오래전 아버지가 가르쳐준 방식대로 이제는 다 괜찮아지는 모양이었다. 어쩌면 동생이 사라진 사실까지도 그랬다.

집 안 곳곳에 짐이 가득 든 보자기가 단출하게 놓여 있었다. 그 안에 뭐가 들어 있을지는 아무도 몰랐다. 나는 보자기를 들춰내고 풀어낼 수 없었다. 가끔 보자기가 주인 없는 무덤으로 보이기도 했다. 주방 한쪽에 밀어둔 보자기에는 자꾸만 벌레가 꼬였다. 어머니가 마지막까지 꾸린 짐이었다. 가까이 다가가면 살면서 한 번도 맡아보지 못한 악취가 풍겼다.

저 보자기 안엔 썩은 무화과가 있겠지. 분명 썩을 대로 썩은 무화과가……

가끔 벌레가 한 마리씩 방 안에 날아들어오곤 했다. 손뼉을 쳤지만 나는 단 한 마리의 벌레도 잡지 못했다. 다만 그 소리에 잠에서 깬 아버지가 벌건 눈으로 나를 바라봤다.

길을 잃었구나. 그럼 데리러 가야지. 그 애가 아니더라도…… 근데 말이다. 어디든 미터기를 켜야 한다……

나는 포기가 빨라서 더는 손뼉을 치지 않았다. 가끔 괄호 안에 벌레를 잡아 가둬두는 게 전부였다. 어머니는 방 한구석에 앉아 썩은 무화과를 베어 먹었다. 입 주위에 작고 검은 씨가 과즙에 엉겨 말라붙어 있었다. 벌어진 입으로 벌레가 날아드는 것도 모르고 어머니는 과육을 오랫동안 꾹꾹 씹어 삼켰다.

장마가 지나간 밤은 유난히도 고요했다. 괄호를 쥐고 얕은 잠에 들었던 나는 순간 들리는 인기척에 잠에서 깼다. 누군가 대문을 두드리고 있었다.

아버지, 집에 손님이 왔나 봐요. 이 밤에 손님이요…… 그렇지만 밤인걸요. 이대로 문을 열면 영영 밤을 살아야 할지도 모르잖아요…… 평생을 밤처럼 말이에요……

밖으로 나가자 문을 두드리는 소리가 더욱 선명히 들렸다. 주위가 어두워 잘 보이지 않았지만 그럼에도 분명한 건 누군가 문을 두드리고 있다는 사실이었다. 다만 문밖이 아닌 문 안에서. 맨발의 여자가 손바닥으로 부지런히 대문을 때리고 있었다. 익숙한 발이었다. 바람이 불었다.

커튼이 흔들리겠네요.

나는 저절로 읊조렸다. 대문은 꿈쩍도 하지 않았고 그럴수록 소리만 점점 더 거세졌다. 나는 어느새 홀린 듯 대문을 열어젖혔다. 그러자 어머니는 활짝 열린 문밖으로 휘적휘적 걸어 나갔다. 양손에는 아무것도 들려 있지 않았다. 힘없이 걸어가는 그 뒷모습을 나는 오랫동안 바라봤다. 한 차례 더 불어온 바람에 대문이 가만히 닫혔다.

다시는 돌아오지 않겠네요. 어머니.

날이 밝았지만 우리는 괄호 안에서 여전히 밤을 헤맸다. 겨울을 살기도 했고 떼 지어 날아가는 철새를 보기도 했다. 밤하늘을 그으며 떨어지는 벼락을 가만히 올려다봤다. 잠결에 나는 문득 외로워졌다. 온통 사라지는 것들투성이였다.

*

거룩한 악몽을 꾸었어요. 사방이 빛이었고 저는 그 한가운데 서 있었어요. 빛에 눈이 멀어버리기 전에 멀리 바다가 보였는데 입을 지운 사람들이 자꾸만 그곳을 향해 돌을 던졌어요.

며칠 동안 설쳤던 잠을 몰아 잔 탓인지 일어나니 입안에서 단내가 났다. 마른침을 삼키며 나는 지독한 갈증에 시달렸다. 눈을 떠 보니 커튼 위로 청량한 햇빛이 번져 있었다. 창문이 열려 있는지 가끔 기분 좋은 바람이 밀려오기도 했다.

그 무렵 집 안을 제외한 모든 바깥의 풍경이 아득했다. 고개를 옆으로 돌리자 아버지와 나 사이에 괄호가 장벽처럼 쌓여 있었다. 시야가 반쯤 가려져 아버지가 보이지 않았다. 우리는 함께 요 위에 누워 있었지만 서로의 형태만 대략적으로 인식할 수 있었다. 나는 팔을 뻗어 괄호를 쓸어냈다. 한겨울의 나뭇가지처럼 앙상하고 핏기가 가신 얼굴이 보였다. 두 볼이 움푹 패여 광대뼈가 고스란히 드러났다. 아버지는 여전히 두 눈을 감은 채 오랜 잠에서 깨어나지 못하고 있는 모양이었다.

집 안은 밤처럼 어두워서 끝없이 잠이 밀려들었다. 창문으로 햇빛이 들면 좀 나아질 거라는 생각에 나는 손을 뻗어 아슬아슬하게 커튼 끝자락을 움켜잡았다. 하지만 아무리 허공에 팔을 휘둘러봐도 커튼은 꿈쩍도 하지 않았다. 커튼은 물을 머금은 것처럼 무거워서 허공에 축 가라앉기만 했다. 커튼을 걷어내려 했지만 헛수고였다. 나는 몸을 일으켜 옆에 누운 아버지를 내려다봤다. 푹 꺼진 눈가에는 짙게 어둠이 고여 있었다. 나는 나도 모르게 손뼉을 쳤지만 아버지는 깨지 않았다.

아버지, 달아나는 중인가요. 사는 건 그런 거라 하셨잖아요.

나는 온 힘을 다해 커튼을 활짝 열어젖혔다. 일순간 눈이 시리도록 환한 빛이 아버지의 감은 두 눈에 내려앉았다. 방안에 함부로 빛이 들어차고 있었다.

달력을 한 장 찢었다. 동생이 실종된 지 2주가량이 지났다. 대문은 며칠째 굳게 닫혀 있었고 우편함은 온갖 고지서와 군청에서 보내온 서류들로 넘쳐났다. 가끔 군청 직원들이 찾아와 대문을 두드리거나 문틈에 편지를 꽂아두고 가곤 했다. 말을 잊지 않기 위해 나는 거기 적혀 있는 것을 하나하나 소리 내어 발음해보았다. 거긴 내가 이해할 수 없는 말들로만 가득했다. 나는 허공을 떠도는 말들 사이에서 귀를 틀어막았다.

괄호를 손에 쥐고 편지를 잘라냈다. 잘게 조각난 단어들이 요 위로 분분히 떨어져 내렸다.

*

시간이 멈춘 것만 같은 나날이었다. 나는 벌어진 괄호에 짐을 꾸렸다. 막상 짐을 챙기고 보니 신 한 켤레가 전부였다. 방을 나서기 전 마지막으로 나는 아버지에게 가까이 다가갔다. 아버지는 누구보다 편안한 모습으로 눈을 감고 있었다. 나는 괄호를 끌어모아 이불처럼 아버지의 몸을 빈틈없이 덮었다.

아버지, 밤이 되었어요. 오늘은 승객을 태우러 가지 않으실 모양이네요.

대문을 열자 문틈 사이에 끼워져 있던 편지가 툭 떨어졌다. 나는 그것을 돌아와서 읽기로 하고 다시 제자리에 끼워두었다. 대문을 단단히 잠갔다. 엄연히 빈집이었다. 며칠 새 우편함은 또 한가득 채워져 있었다. 소리 없이 찾아와 우편을 두고 가는 사람의 얼굴을 나는 평생 알지 못했다.

이상한 일이었다. 마을은 말라버린 것들로 가득했다. 앙상한 나무가 몸을 떨며 이파리를 털어냈고 주변에 핀 꽃들은 대부분 시들어 있었다. 그리고 괄호. 마을은 괄호로 넘쳐났다. 그것은 길가에 난 잡풀에 매달렸고 돌부리처럼 길가에 박혀 행인들의 발을 걸었다. 강가로 이어지는 길마저도 괄호가 여기저기 흩어져 발을 디딜 수 없었다. 나는 괄호를 쓸어 모아 품에 안았다. 발을 디딜 때면 괄호는 자꾸만 품에서 떨어졌다. 더는 앞으로 나아갈 수 없어 나는 바닥에 주저앉았다. 강가에 서서 동생을 부르고 있을 어머니를 떠올리면 기어이 마음 한구석이 저려왔다.

문득 길가에 좁은 보폭의 발자국이 보였다. 단출한 민무늬의 발자국이 꽤나 선명하게 찍혀 있어서 이 길을 지난 지 얼마 되지 않았을 거라 확신했다. 무언가에 홀린 사람처럼 나는 발자국을 따라 걷기 시작했다. 그걸 따라가면 금방 강에 닿을 수 있을 거란 생각에 사로잡힌 채 나는 한동안 쉬지 않고 걸었다.

마침내 강이었다. 짙은 안개 너머로 강이 보였다. 쉬지 않고 불어오는 강바람을 타고 새 떼가 멀리 날아갔다. 그 바람에서 어딘가 익숙하고도 낯선 냄새가 났다. 곰팡내 같기도 하고 피비린내 같기도 했다. 정확히 판단할 수는 없지만 무언가 썩어가고 있는 것 같았다. 숨을 참고 싶었지만 그럴수록 더 간절하게 숨을 들이마시고 내쉬었다. 냄새는 허공을 맴돌다 숨을 타고 내 몸 깊숙이 침범했다. 나는 왠지 모를 요의에 시달렸다. 바지를 내리는데 어딘가 께름칙한 기분이 들었다. 강을 둘러보았지만 그 주변에 사람이라곤 어디에도 없었다. 나는 자연스레 강을 내려다봤다. 잔잔한 수면 위로 괄호가 떠다녔다.

그리고 동생.

동생이 수면 아래 있었다. 그 순간 저절로 숨이 멎었다. 발등 위로 투둑 오줌 방울이 떨어졌다. 한눈에 봐도 깊어 보이는 강이었다. 잠시도 지체할 수 없었다. 나는 수면 아래로 손을 집어넣었다. 아무리 손을 저어봐도 잡히는 건 없었다. 다만 차가운 강물에 손이 시렸다. 손을 빼내자 괄호가 손가락 사이에 걸려 줄줄이 올라왔다. 잠시 흐릿해졌던 수면이 다시금 선명해졌다. 거긴 내가 있었다. 눈을 크게 뜬 채로 강을 내려다보는 내가.

나는 계속 달렸지만 달은 가까워지지도 멀어지지도 않았다. 나는 나에게서 달아날 수 없었다. 오직 발소리만이 국경을 넘어가듯 아득해졌다.

*

강가에 앉아 발을 젓는다. 발 위로 자꾸만 엉겨 붙는 이름들을 휘저어 밀어낸다. 수면에 비친 달은 끝없이 부서지고, 일렁이는 물결에 발끝이 가렵다. 수천 조각으로 날리는 바람이 유난하다. 앙상한 나무가 모여 마른 가지를 떨어낸다. 맨발의 여자가 저 멀리 침묵으로 내달리고 만취한 소문들은 질주하듯 강으로 자맥질한다. 강가에 쌓인 말들은 함부로 무너지고, 묽어지는 밤은 잔인하다.

택시 한 대가 강변을 유유히 지나간다.

행렬

그것은 검고 긴 행렬이었다. 그것은 하나였다가 여러 개로 나뉘기도 하고 여러 개였다가 하나가 되기도 했다. 어디서 어떤 방식으로 시작되었는지 아무도 알지 못했다. 그저 빠르고 고요하게 생겨났다는 것만 알았다. 행렬이 진행되는 중에도 또 다른 행렬이 소리 없이 시작되었다. 말 그대로 끝이 없었다. 물론 사라지는 행렬도 분명 있었다. 저수지나 절벽에서 행렬은 흔적도 없이 사라지곤 했다. 볕이 잘 드는 곳에서 시작되었다가 볕이 들지 않으면 사라지거나 한 차례 폭우로 사라지기도 했다. 계절이 바뀌는 시기에는 말할 것도 없었다. 이처럼 행렬이 생기고 없어지는 건 아주 순식간이고 자연스러운 일이었기 때문에 누구든 쉽게 가늠할 수 없었다.

행렬은 그런 것이었다.

행렬의 중심에는 우리가 있었다. 가끔 행렬을 잃어버리기도 하고 행렬 안에서 길을 잃기도 했다. 또한 우리는 우리를 자주 잃어버렸다. 서로를 잃지 않기 위해 우리는 언제나 손을 잡고 있었지만 그 사실마저도 잊을 때가 있었다. 그래서인지 우리는 서로를 자주 불렀다.

얘야, 너 거기 있니.

그럼요. 우린 이렇게 손을 잡고 있잖아요.

나는 언제나 같은 대답을 했다. 사실 어떤 대답을 하든지 상관없었다. 생각해보면 우리는 너무 오래 손을 잡고 있었다. 어머니의 손을 잡은 왼손의 감각은 이미 무뎌진 지 오래였다. 손을 잡고 있는 것인지 나뭇가지를 쥐고 있는 것인지 헷갈릴 지경이었다. 하지만 지겹다는 생각은 하지 않았다. 차갑고 앙상한 손을 잡고 있는 것만으로도 위안이 되곤 했으니까. 아주 가끔 안전하다고 생각했다.

*

행렬은 많은 곳을 지났다. 강을 건너기도 하고 운동장을 가로지르기도 했다. 마을을 지나기도 했는데 아주 드물게 사람이 살고 있었다. 행렬이 처음 마을을 지나던 날이 아직까지도 생생했다. 노을이 지는 아침이었고 마을 사람들은 저마다 하던 일을 멈추고 일제히 고개를 숙였다. 손에는 낙엽을 쓸던 빗자루나 닭에게 줄 모이 따위가 들려 있었다.

어머니, 사람들이 우릴 향해 묵념을 해요.

그들을 위해 뭘 해야 할지 몰라서 나는 가만히 손을 흔들었다. 우리는 인사법이 서로 다른 이국의 사람들 같았다. 서로가 서로의 인사를 받아줄 수 없었다. 내가 아무리 손을 크게 흔든다고 한들 소용없었다. 그들은 그저 차분하게 고개를 숙인 채 눈을 감고 있었다. 모두가 일절 눈을 뜨지 않아서 그건 예법을 넘어 일종의 금기처럼 보였다. 혹시나 눈을 뜬다면, 우리와 눈이 마주치게 된다면 저들에게 무슨 일이 벌어질 것만 같았다. 이를테면 몸이 굳어버린다거나 영영 숨이 멎어버리는 그런 일들 말이다. 나는 정말 그런 일이 생길지도 모른다고, 그래서 인사를 나누지 못하는 것쯤이야 아무래도 괜찮다고 생각했다. 그렇다고 손을 거두지는 않았다. 마을이 보이지 않게 되고 슬픔이 온전히 가실 때까지 한참을 흔들어댔다. 그들의 묵념에 방해가 될까 봐 입은 꾹 다물고 있었다.

그런 일들이 종종 그리워지곤 했다. 누군갈 그토록 정성스레 지켜본 건 그게 마지막이었다. 그로부터 오랜 시간이 흘렸고 많은 게 변해 있었다. 드물게 마을을 지날 때면 사람들은 우리를 향해 삿대질을 했다. 신문지를 말아 던지거나 길가에 씹던 껌을 뱉어두기도 했다. 나는 왜 그들이 그런 짓을 하는지 알 수 없었다. 슬프거나 화가 나지는 않았다. 우린 그저 마을을 지나가기만 하면 되기에 그들이 어떤 방식으로 대하든 상관하지 않았다. 중요한 건, 행렬은 조금의 흔들림도 없다는 사실이었다. 언제나 같은 속도와 형태로 마을을 지났다. 멀어져가는 마을을 바라보며 나는 생각했다.

그걸로 충분하지. 더 이상 손을 흔들지 못한대도 말이야.

분주하고 지루한 시간의 연속이었다. 행렬은 멈추지 않고 계속되고 있었다. 잠시라도 멈추게 된다면 행렬은 물론이고 우리도 함께 사라지고 말 거였다. 단언할 수는 없지만 왠지 그럴 거란 확신이 들었다. 우리는 손을 잡고서 부지런히 행렬에 임했다. 어려울 건 없었다. 우리 말고도 너무나 많은 사람들이 행렬을 이루고 있었기에 그들을 따라가면 그만이었다. 행렬이 언제 어디에 당도하게 될지 알 수 없었지만 그마저도 괜찮다고 생각했다. 언젠간 모두 함께 목적지에 도착할 테니까. 그렇다면 거긴 우리가 떠나온 곳보다 크고 안전한 마을이 될지도 모르지.

그럼 모두가 서로의 이웃이 될 수 있겠지.

행렬이 언제 시작되었는지 기억나지 않아서 나는 아주 오랜 시간이 흘렀다고 생각했다. 우리는 오래 걸었고 그래서 아주 멀리 벗어나고 있었다. 머지않아 행렬은 정착하게 될 거였다. 지금으로선 그런 믿음이 필요했다.

*

하루의 시간을 몽땅 걷는 일에 쓰다 보면 발이 아리고 다리가 저렸다. 온몸이 뻐근해지고 어김없이 잠이 쏟아졌다. 더는 걸을 수 없을 지경에 이르면 우리는 잠을 잤다. 나란히 발 뻗고 누워 훤히 비치는 별을 쬐거나 별을 바라보다 혼곤한 잠 속으로 빠져들었다. 낮과 밤의 구분이 사라진 지 오래였다. 적어도 행렬에서만큼은 그랬다. 그러니 언제든지 각자 몫의 잠을 자고 일어나 행렬에 합류하면 되었다. 하지만 언제나 마음 놓고 잠을 잘 수는 없는 노릇이었다. 잠을 자는 동안 혹시나 뒤처지거나 낙오되는 일이 생길지도 몰랐다. 나는 자주 잠을 설쳤고 악몽에 시달렸다. 잠에서 깰 때마다 매번 마음이 조급했다. 몽롱한 상태로 무작정 걸음을 재촉했다. 밀려드는 잠을 참아가며 걷는 데만 열중하기도 했다. 그럴 때마다 다행히 어머니는 곧잘 나를 따라왔다.

어두운 건 정말 위험하다. 그러니 서두르지만 않으면 된다.

어쨌거나 달라진 건 없었다. 누구든 일정한 양의 휴식과

수면이 필요했다. 그래서 누구든 우릴 앞서는 일이 없었고 반대로 우리가 누군갈 앞서지도 못했다. 우리는 언제나 행렬의 중심에만 있었다. 아무리 걸음을 재촉해 부지런히 걸어도 선두가 될 수 없었다. 행렬에는 각자에게 주어진 자리가 있었고 그건 일종의 순리나 다름없었다.

우리의 자리는 안전할 거예요. 서두르지 않는다면요.

나는 자주 앞을 내다봤다. 좀처럼 끝이 보이지 않았다. 아무래도 이 자리에선 행렬의 선두를 볼 수 없었다. 내가 할 수 있는 일이라곤 단순히 그들을 따르는 것뿐이었다. 갈림길에서 방향을 정하고, 풍경을 가장 먼저 목도하며, 행렬을 이끌어 최초로 목적지에 도달하는 건 오로지 그들이었다. 그들은 풍족한 잠과 휴식을 취해도 언제나 선두에 있을 것이었다. 그런 의미에서 우린 분명 선두가 될 수 없었다. 만약 우리가 선두에 있다고 하더라도 온통 누릴 수 없는 것들뿐이었다. 눈먼 어머니는 갈림길을 선택할 수도, 풍경을 볼 수도 없었고 따라서 거대한 행렬을 이끌 수도 없었다. 하물며 자신이 행렬의 선두라는 것마저 인지하지 못할 거였다. 단념은 아주 쉬운 일이었다.

그렇게 우리는 적당한 잠을 자고 걸었다. 더는 억지로 잠을 미루지 않았다. 피로가 몰려오면 곧장 자리를 잡고 누웠다. 보통 길의 가장자리나 나무 아래서 잠이 들었다. 버려진 화단이나 높다란 담벼락 옆에서 잠이 들기도 했다. 어쨌거나 우리는 잠을 자면서도 손을 잡고 있었다. 잠결에도 손을 놓치는 법이 없었다. 한나절을 그렇게 서로의 손을 붙들고 서로 다른 꿈을 꿨다. 잠에서 깨어나면 여전히 행렬이 눈앞을 지나고 있었다. 그 광경을 바라보며 우리는 어김없이 기지개를 켰다. 구부러진 손가락이 쉽게 펴지지 않았다.

자리를 털고 일어나면 다시 걷기만 하면 되었다. 길을 나설 채비 따위는 필요하지 않았다. 우리에겐 그 어떠한 짐도 없었다. 입고 있는 옷과 신발이 전부였다. 딱히 불편한 건 없었다. 계절은 여전했고 날씨도 별반 다르지 않았다. 비가 내리지도 태풍이 불지도 않았다. 다만 한쪽 손이 오랫동안 비어 허전했다. 하지만 챙겨야 할 짐이 있다는 건 그걸 잃어버리게 되는 일까지도 감수해야 하는 거였다. 뭔가를 잃는 건 아무래도 슬픈 일이니까. 짐이 없다는 것만으로도 조금은 안심이었다. 떠나기 전 나는 마지막으로 뒤를 돌아봤다. 우리가 잠들어 있던 자리에 풀이 누워 있었다. 그게 두 명의 사람이 누웠던 흔적처럼 보이지는 않았다. 그저 야생에 사는 짐승의 몸에 눌린 자국 정도로만 보였다.

우리는 여태 이 정도의 흔적만 남기고 떠나왔구나. 이래서는 누구도 우릴 찾을 수 없겠어. 그리고 돌아갈 수도 없겠지.

우리는 행렬의 틈 사이를 비집고 들어가 걷기 시작했다. 행렬이 지나는 길을 유심히 바라봤다. 사람들이 걸음을 뗄 때마다 그들의 발자국이 희미하게 남았다. 크기가 각기 다른 발자국이 길 위를 가득 메웠다. 곳곳에 작은 문양이 새겨지기도 했다. 어머니의 발밑엔 껌이 촘촘하게 달라붙어 있었다. 그래서 유일하게 어머니의 발자국만 없었다.

*

앞을 조심해라. 뒤보다는 앞을 말이다.

햇볕이 내리쬐는 오후였다. 우리는 거대한 폐허를 지나고 있었다. 주위에 그늘은 눈 씻고 찾아봐도 없었다. 우리는 햇볕을 온전히 다 받으며 걸었다. 손바닥에 축축하게 땀이 배어났다. 나는 손차양을 하고서 앞을 바라봤다. 행렬을 두고 양쪽으로 갈라진 폐허가 전부였다. 어머니는 몇 번이고 같은 말을 되풀이하며 걸었다. 앞을 조심해라. 뒤보다는 앞을 말이다. 그렇게 말하며 왼손을 뻗어 자꾸만 허공을 휘저었다. 정말 앞에 뭔가가 있다고 생각하는 모양이었다.

그게 다 무슨 소용인데요.

다 무너진다.

이미 무너져버렸는걸요.

그럼……

어머니가 걸음을 멈춰서 나 또한 제자리에 멈춰 섰다. 간발의 차로 내가 앞에 있었다. 어머니는 깊은 숨을 몇 번 몰아쉬더니 확신한 듯 입을 열었다.

조금만 더 무너지면 끝이 나겠구나.

구름이 해를 가리고 지나갔다. 땅 위로 순식간에 그늘이 졌다. 나는 그제야 햇볕을 가리던 손을 내리고 주위를 이리저리 둘러봤다. 거긴 폐허이기 이전에 마을이었다. 언젠가 사람들이 집을 짓고 살던 흔적이 곳곳에 남아 있었다. 하지만 이제는 너무 많은 것들이 쓰러지고 허물어져 있었다. 그나마 보이는 집 몇 채도 뼈대만 남거나 주저앉아버려 형체가 온전하지 못했다. 이런 곳에선 누구도 살아갈 수 없었다.

행렬의 사람들은 누구도 주변의 풍경에 관심 갖지 않았다. 그들은 혼자여서 두 손이 모두 비어 있었다. 여태까지 본 사람들은 모두 그랬다. 나도 저들처럼 혼자라면 어떨까. 아마도 걸음이 느려 추월당하는 일도 없을 테고 쓸데없는 걱정을 조금 덜어낼 수 있을지도 모르지. 그런 생각들이 가끔 잊을 만하면 떠오르곤 했다. 나는 그들을 따라 걸음을 옮겼고 어머니 또한 그랬다. 우리는 서로의 속도에 맞춰 걸었다. 더 이상 어떤 말도 하지 않았다. 부단히 걸어 폐허를 벗어나자 어느덧, 얕은 언덕의 초입이었다.

언덕을 오르려던 차에 풀려가는 신발 끈이 보였다. 나는 쭈그려 앉아 신발 끈을 단단히 묶었다. 언뜻 보이는 어머니의 두 발은 땅에 꼭 붙어 있었다. 유난히 작고 뭉툭한 발이었다. 그 위로 개미 한 마리가 기어올랐다. 나는 그것을 손으로 가볍게 털어냈다. 그러자 또 다른 개미가 신발을 올랐다. 그 뒤로 또 다른 개미가, 더 많은 개미가 지긋스럽게 신발 위로 올라왔다.

어디서부터 시작된 걸까.

땅 위로 수십만 마리의 개미 떼가 줄지어 행렬을 이루고 있었다. 이 많은 개미들이 어디로 향하는지 도통 알 수 없었다. 아마도 보이지 않는 어딘가에 동물의 사체가 부패하고 있을 거라 나는 생각했다. 하다못해 떨어진 과자나 사탕 같은 단것이라도, 분명 거대한 무언가가 행렬 끝에 있을 거였다. 그리고 마침내 이 검은 행렬이 그것을 발견할 것이었다. 그게 뭐가 됐든 턱으로 찢어발기고 썰어내어 땅 아래로 끌고 가겠지. 공평하게 나눠 양분으로 삼겠지. 그것으로,

그것으로 한동안을 살아가겠지.

*

아침이면 마을의 비둘기가 죽었다. 길가에 널브러진 사체

는 고약한 악취를 풍기며 썩어갔다. 누구든 치우는 사람이 없어서 며칠을 그대로 방치되었다. 날이 갈수록 사체가 늘어나기만 했다. 수십 마리의 비둘기가 죽은 자리를 떠나지 못하고 남아 있었다. 가끔 비가 내리면 모두 한데 떠내려갔고 비가 그치면 또 다른 비둘기가 그 자리에 놓였다. 그런데도 아무도 비둘기가 죽어나가는 이유를 몰랐다. 어머니는 비둘기 말고도 죽는 것이 한둘이 아니라고 했다. 물론 직접 본 것은 아니었겠지만, 누구에게 들었냐고 물으면 어머니는 말이 없었다. 온갖 사체에서 풍기는 악취가 소문처럼 마을에 퍼져갔다.

그즈음 마을 사람들이 하나둘 사라졌다. 그들은 예고도 없이 어딘가로 떠나 돌아오지 않았다. 남겨진 가족들에게 편지나 유서 한 장 남기지 않은 채였다. 실종 신고를 마치고 얼마 지나지 않아 그들의 가족들 또한 마찬가지로 마을을 떠났다. 마을 사람들은 아마 그들이 사라진 이를 아주 멀리까지 찾으러 갔을 거라고 했다. 잠시 외출을 하듯 대문을 걸어 잠그지 않고 떠나서인지 그들이 언젠간 돌아올 거라 내심 믿는 눈치였다. 떠난 이들이 남기고 간 세간만이 빈집에 초라하게 남아 있었다.

일상은 여전했다. 마을 사람들은 예전처럼 아침이면 일을 하러 나갔다가 해 질 무렵 집으로 돌아왔다. 가족들과 둘러

앉아 저녁을 먹으며 하루를 흘려보냈다. 평소와 같은 날들이었다. 그래서 나는 떠난 이들이 돌아오지 않을 거라 믿었다. 이런 날들이 너무나 지겨워서, 다시는 돌아오지 못할 곳으로 떠나버린 거라고 생각했다.

그 무렵 나는 기분 나쁜 현기증에 시달렸다. 몸을 움직일 때면 눈앞의 풍경이 제멋대로 흔들리고 일렁였다. 방 안에 가만히 앉아 눈을 감고 있을 때도 그랬다. 마치 몸이 한쪽으로 기울어가는 느낌이었다. 한동안 나는 자주 주저앉고 넘어졌다. 매일 달라지는 균형에 좀처럼 익숙해지지 못했다.

어머니, 이것 보세요. 땅 말이에요.

바람이 조금도 불지 않는 날이었다. 우리는 나란히 마루에 앉아 마당을 바라보고 있었다. 마당은 그저 넓고 쓸쓸했다. 그 흔한 나무 한 그루 없었다. 좁다란 수돗가와 그 주변으로 놓인 장독 두어 개가 전부였다. 철문에는 세 뼘 남짓한 검은색 끈이 묶여 있었다. 마지막으로 기르던 개가 이빨로 씹어 끊어낸 목줄이었다. 유난히 집을 잘 나가던 그 개를 생전에 아버지가 찾으러 다니곤 했다. 신기하게도 하루도 채 넘기지 않고 매번 다른 장소에서 개를 찾아왔다.

거기서 혼자 겁에 질려 떨고 있더라.

새 목줄을 차고 집으로 돌아온 개는 도로 철문에 묶였다. 한동안 그렇게 얌전히 묶여 있다가 잊을 만하면 또 집을 나갔다. 그가 죽고 나서야 더는 아무도 그 개를 찾지 않았고, 하물며 그 개를 여태 봤다는 사람도 없었다. 이제는 도망간 지 7년도 더 되어서 이름조차 기억나지 않았다. 어쩌면 개가 아니라 염소나 돼지였을지도 몰랐다. 그게 뭐가 됐든 그것을 묶어두었던 끈이 미세하게 흔들리고 있었기에 마치 예전처럼 뭔가가 묶여 있는 듯한 기분이 들었다. 그게 단순히 개는 아니었다. 한동안 끈이 땅에 이리저리 끌리다가 마침내 철문이 활짝 열렸다.

땅이 흔들려요.

땅이 말이냐……

그래요. 땅 말이에요.

그럼 뭐든 무너지겠구나.

나는 작게 몸을 떨었다. 자꾸만 속이 울렁거리면서 심장이 빠르게 뛰었다. 마루를 짚고 흔들림이 가시길 기다리며 나는 마을에 일어난 그간의 일들을 떠올렸다. 어쩌면 땅은 오래전부터 수시로 흔들렸고 우린 여태 그걸 모르고 지내왔던 걸지도 몰랐다. 한시라도 빨리 마을을 떠나야 한다는 생각이 들었지만, 내겐 어머니가 있었다. 안타깝게도 우린 이토록 가까이 있음에도 불구하고 땅의 흔들림을 느낀 건 오로지 나였다.

걱정 마라. 뭐든 흔들리고 무너진다.

어머니는 초점 없는 눈으로 허공을 응시한 채 중얼거렸다.

칠이 다 벗겨져 녹슨 철문이 열리고 닫히기를 반복했다. 철과 철이 부딪치는 날카로운 파열음이 간헐적으로 들려왔다. 이윽고 흔들림이 가시자 우리는 곧장 집을 나섰다. 어머니의 걸음이 느린 탓에 마을 입구까지 한참을 걸어야 했다. 마을 입구에 가까워질 무렵, 발밑에 뭔가 작고 둥근 것이 밟혔다. 구슬이었다. 어째서 거기 떨어져 있는지는 알 수 없지만 분명 마을에 사는 아이들의 것이었다. 할 일 없는 아이들은 자주 그곳에 모여 놀곤 했다. 길가에 앉아 구슬치기나 땅따먹기를 하다가 해가 지면 자기 몫의 구슬을 챙겨 집으로 돌아갔다. 그런 아이들이 이제는 마을에 얼마 남아 있지 않았다. 색색의 구슬이 길에 널려 있어서 우린 그 길목을 지날 수 없었다. 우리는 한참을 돌아 마을을 빠져나왔다.

날이 갈수록 균형을 잃어갔다.

행렬이 시작되고 있었다.

*

언덕길은 경사가 완만한 대신에 폭이 무척이나 좁았다. 사실 길을 제외하면 잡풀이 무성한 공지였다. 따로 울타리가 쳐 있지 않아 마음만 먹으면 좁은 길을 벗어나 편히 걸을 수 있었지만 여간해선 그런 이가 없었다. 서로 몸을 바싹 붙이고 묵묵히 걸음을 옮겼다. 누군가 발을 밟거나 어깨를 부딪치는 일은 일절 없었다. 일련의 과정이 엄숙하게 진행되었다. 모두 앞서가는 이의 발자국 위에 차분히 발을 얹어 갔다. 발자국이 켜켜이 겹쳐지는 걸 바라보면 왠지 모를 안도감이 들었다.

지금쯤 마을은 어떻게 되었을까.

가끔 행렬이 희박한 확률로 우리 마을을 지날 수도 있다는 생각을 남몰래 하곤 했다. 정말 그런 일이 생길지도 몰랐지만, 이제는 너무나 오랜 시간이 흐른 뒤였다. 지금의 마을이 어떤 모습일지 알 수 없었다. 아마 사람들이 모두 떠나고 필경 폐허가 되어버렸을 테지. 그럼 분명 마을을 보고도 모르고 그냥 지나쳐버리고 말겠지. 어쩌면 모두가 저마다의 마을을 그렇게 지나고 있는 걸지도 몰랐다. 뭐든 낡고 바래가는 마을에서 유일하게 그대로인 건 구슬뿐일 것만 같았다.

비좁은 길을 따라 쉬지 않고 언덕을 올랐다. 서서히 길이 넓어지고 평지에 들어서자 어느새 언덕 꼭대기였다. 날이 맑아 훤히 트인 전망이 한눈에 들어왔다. 저 멀리 언덕을 향해 오는 행렬의 풍경을 가로지르며 새가 날아갔다. 길고 선명한 울음소리가 귀에 박혔다. 문득 나는 마을에 날아들던 비둘기를 떠올렸다. 저리 잘 우는 새가 비둘기일 리 없지.

내가 본 비둘기들은 여태 한 번을 운 적이 없었지.

바람에 땀이 식어서 등 한편이 서늘했다. 속절없이 날리는 머리칼을 쓸어넘기며 고개를 돌렸다. 마른나무에 무색의 천이 걸린 채 바람에 나부끼고 있었다. 주위에 바위나 썩은 나무 밑동 몇 개가 전부여서 쉽게 눈에 띄었다. 겉보기에 말끔해서 누군가 잘 빨아 널어둔 것처럼 보였다. 천은 따로 고정이 되어 있지 않았는데도 날아가지 않고 나뭇가지에 악착같이 매달렸다. 바람이 쉬지 않고 불어서 천 끝자락이 허공에 잇달아 걸렸다. 마치 언덕 위에 차일을 쳐놓은 것처럼 보였다.

저게 볕을 다 가릴 수 있으려나.

한눈에 보기에도 천은 언덕에 비해 한참이나 모자랐다. 천 조각만큼의 그늘 아래로 행렬이 지났다. 땅 위로 여전히 개미가 들끓었다. 시간이 지날수록 크기가 커져서 이제는 마치 이름 모를 짐승의 그림자처럼 보였다. 소리 없이 뭉치고 갈라지며 제 일을 다하고 있었다. 그 일이 뭔지 나는 아무리 봐도 알 수 없었다.

*

우리는 한참을 걸어 언덕을 아주 내려왔다. 경사가 사라진 길가에 손바닥만 한 표석이 있었다. 어디 하나 다듬어진 곳이 없고 아무런 글자도 새겨져 있지 않아서 얼핏 보기에 그저 돌덩이처럼 보였다. 머지않아 언덕을 부르는 명칭이나 고도가 새겨질 터였다. 지금 알 수 있는 건 이곳이 언덕의 입구라는 사실이었다. 우리는 출구로 들어와 입구로 나가는 중이었다. 그걸 더욱 확신하게 된 건 표석과 멀지 않은 곳에 작은 수돗가를 발견하고서였다. 여러 개의 수도꼭지가 일정한 간격을 두고 일렬로 설치돼 있었다. 그 옆을 행렬이 지나갔다. 여태 물 한 모금 마시지 못해서 분명 목이 마를 텐데 물을 마시려는 사람이 없었다. 나는 그래서 혹시나 물이 다 말라버렸을지도 모른다고 생각했다.

그게 아니라면 수도꼭지가 망가진 거겠지.

나는 나도 모르게 수돗가로 가까이 다가갔다. 예상과는 다르게 네 개의 수도꼭지 중 한 곳에서 많은 양의 물이 쉴 새 없이 쏟아지고 있었다. 그걸 보는 것만으로도 갈증이 가실 정도였다. 나는 한동안 쏟아지는 물을 바라봤다. 주위에 물을 받아 마실 만한 게 아무것도 없었다. 우리는 여전히 손을 잡고 있었기에 두 손을 모아 물을 받아 마실 수도 없었다. 나는 고개를 돌려 어머니를 바라봤다. 무슨 생각을 하는지 어머니는 아무런 표정도 없었다.

문득 신발이 축축하게 젖어드는 것이 느껴졌다. 고개를 숙이자 발치에 수돗물이 조금씩 흘러들어오고 있었다. 어머니가 서 있는 쪽 또한 마찬가지였다. 가만 보니 수도꼭지 아래 조그만 웅덩이가 생겨 있었다. 그 안에 온갖 잡초들이 뿌리를 내보인 채 썩어갔다. 수면 위로 개미 몇 마리가 산 채로 떠다녔다. 물줄기 때문에 쉽게 빠져나오지 못하고 한참을 허덕였다. 거긴 아무것도 자라나지 못했다.

이대로 두어도 괜찮을까.

나는 쉽게 돌아서지 못하고 서 있었다. 수도꼭지를 쥐고 한참을 돌려도 여전히 같은 양의 물이 쏟아졌다. 고장이 났는지 수도꼭지를 도무지 잠글 수가 없었다. 행렬을 따라 멀리 떠나가는 동안에도 시원한 물소리가 꾸준하게 들려왔다.

*

땅은 잠잠했다. 모든 게 정지한 채로 평온했다. 가끔 불어오는 바람에 나뭇잎이 차분히 날렸다. 흙먼지가 낮게 일고 높게 자란 풀이 나부꼈다. 바람을 깊게 들이마시면 은근하게 흙냄새가 났다. 발밑으로 흙이 짓이겨지는 소리가 행렬을 메웠다. 꽤 걸어왔는데도 아직 멀지 않은 곳에 언덕이 보였다. 다시 돌아가면 금방이라도 언덕에 도착할 것 같았다. 어쩌면 행렬의 일부는 아직 언덕에 닿아 있을지도 몰랐다.

사실 또 다른 출구를 향해 가는 건 아닐까요.

문득 나는 발밑을 바라봤다. 길 위로 검은 행렬을 이루던 개미가 어느샌가 사라지고 없었다. 그들이 어디로 갔는지 나로선 알 수 없었다. 왠지 다시는 그 광경을 볼 수 없을 거라 생각하던 찰나에 어디선가 아이 목소리가 들려왔다.

해가 저무는 곳으로 가면 된다고 하던걸요.

목소리가 들려오는 쪽으로 고개를 돌렸다. 오른쪽 뒤편에 한 아이가 보였다. 비도 오지 않는데 장화를 신고 있었다. 하나로 묶은 머리는 죄다 삐져나와 산발인 데다가 옷은 군데군데 실밥이 풀려 있었다. 정수리가 내 손끝에 겨우 닿을 정도라 기껏 해봤자 대여섯 살이나 겨우 되어 보였다. 행렬의 다른 사람들과도 자주 대화를 나눈 것처럼 아이는 자연스럽게 말을 걸어왔다. 행렬 속에서 어머니가 아닌 다른 이와 대화를 나눈 게 처음이어서 나는 잠시 말을 골랐다.

음, 거긴 너무 멀지 않을까.

그렇지만 나침반은 필요 없는걸요.

아이는 잠깐의 망설임도 없이 단박에 대답했다. 마치 아주 오랫동안 준비해온 말을 뱉어낸 것만 같았다. 아이의 말이 사실인지는 알 수 없었지만 일단은 고개를 끄덕였다. 아이는 어느새 내 오른편에 바짝 다가와 있었다. 장화가 발에 맞지 않는지 자꾸만 헐떡거렸다. 그런데도 넘어지지 않고 잘 걸었다.

우리는 여태 그곳으로 가고 있었구나. 아무도 모를 거다. 정말 아무도.

그럼요. 다 거기 있어요. 모든 길의 끝이니까요.

아이는 진단을 내리듯 말했다. 그 말을 끝으로 서서히 나를 앞질러 행렬 속으로 사라졌다. 아직 궁금한 게 많았지만 붙잡을 수는 없었다. 아이의 말대로라면 언젠가 다시 만날 수 있을 거였다. 하지만 너무 순식간에 떠나버려서 얼굴이 좀체 떠오르지 않았다. 그저 손에 뭔가를 쥐고 있던 것만 어렴풋이 기억났다. 그건 아마도 작은 빵이나 과일일 것이다. 어쩌면 공이나 구슬일지도 모른다. 기억하면 할수록 아이에 대한 기억이 흐릿해져 마치 간밤의 꿈처럼 저 멀리 아득해져 갔다. 함께 나눈 대화도 자세히 기억나지 않아서 아이를 만난 건 마치 너무 예전의 일 같았다. 나는 아이가 사라져간 방향을 유심히 바라봤다.

*

새벽 공기는 몹시 차고 눅눅했다. 쌀뜨물처럼 부연 안개가 행렬을 빙 둘러쌌다. 행렬의 일부가 자꾸만 지워졌다. 안개와 함께 허공에 풀어지고 옅어졌다. 그러는 동안 어김없이 날이 밝아왔고 주위가 서서히 훤해졌다.

행렬의 왼편에 강이 있었다. 폭이 좁고 수심이 얕아 보이는 강이었다. 거긴 돌다리 하나 놓여 있지 않았다. 만약 있다고 하더라도 오래전에 물에 잠겼을 터였다. 강 주위로 비릿한 물냄새가 짙게 풍겼다. 숨을 들이마시면 강의 이취가 폐속 깊이 들어찼다. 나는 숨을 짧게 참아가며 걸었다. 안개에 덮인 강의 건너편을 지긋이 바라봤다. 저긴 뭐가 있으려나. 나는 궁금했지만 아마 내가 서 있는 이곳과 별반 다르지 않을 거라 생각했다. 그리고 만약 뭔가가 있다면, 아무래도 그건 분명 수도꼭지일 것만 같았다.

여전히 물이 나오고 있을 거야. 모두가 돌아서고 말았겠지.

손이 시리도록 차갑게 식은 채로 헛돌던 손잡이의 느낌이 아직 생생했다. 그건 마치 뼛조각 같았다. 단 한 번도 햇볕을 쬔 적 없는 것처럼 정말 조금의 온기도 없었다. 아주 잠깐 쥐었던 것뿐인데 손에선 지금도 시큰한 쇠냄새가 났다. 수돗가에서 아주 멀리 걸어왔는데도 여태 냄새가 가시지 않았다. 옷깃에 여러 번 문질러도 소용없었다. 왼편의 강을 보자 나는 불현듯 손을 씻어내고 싶었다.

사람의 손을 타지 않았는지 강둑에 온갖 풀이 자라나 있었다. 나는 풀을 헤집으며 강둑을 내려갔다. 강 앞에 바짝 다가가 쭈그려 앉은 나는 수면을 한참이나 바라봤다. 수면은 이상하리만치 고요했다. 조금의 떨림도 없었다. 강에는 그 무엇도 살고 있지 않은 듯 보여서 나는 선뜻 손을 담그지 못했다. 정말로 괜찮을까. 작은 바람이라도 분다면 분명 물은 흐를 텐데. 이래선 손을 깨끗하게 씻어낼 수 없지. 강물은 한눈에 봐도 너무 오랫동안 고여 있었다. 선불리 손을 담갔다간 더 심한 악취가 배어날 게 분명했다.

나는 몸을 일으켰다. 왔던 길로 되돌아가는 건 쉬운 일이었다. 풀을 헤집고 지나온 길이 선명하게 보였다. 그리고 행렬이 그 앞을 지나갔다. 거기 아이가 있었다. 행렬 안에서 유일하게 말을 나눈 아이였다. 여전히 장화를 신고 있었는데 이제 보니 제법 발에 맞았다. 알은체하기도 전에 아이는 빠르게 내 앞을 스쳐 지나갔다. 아이는 누구보다 착실하게 해가 저무는 곳을 향해 가고 있었다. 나는 몇 걸음 뒤에서 아이를 쫓았다. 여느 때처럼 아이는 행렬 속으로 사라졌다. 나는 이번에야말로 확신했다. 아이의 손에 아무것도 들려 있지 않았다. 그저 두 손을 가볍게 말아 쥐고 있을 뿐이었다.

*

우리는 몇 차례의 새벽을 지나 아침을 맞았다. 무수한 밤을 보내고 하루를 넘겼다. 그만큼 멀리 떠나왔지만 변한 건 없었다. 여전히 안개가 자욱했고 왼편에 강이 있었다. 폭이 점점 넓어져 이제 돌다리보다는 커다란 교량이 어울렸다. 하지만 강에는 그 어떤 것도 없었다. 강을 건너려면 강의 상류까지 걸어 올라가야만 했다. 우리는 그런 강을 끼고 한참을 걸었다. 희고 고운 모래가 길가에 깔려 있었다. 갈수록 수북해져서 모래 안으로 발이 푹푹 빠지기 시작했다. 우리는 자꾸만 휘청거렸지만 어찌할 방법이 없었다. 사방이 모래였다. 나는 길을 살피며 걷다가 고개를 들었다. 안개 너머로 보이는 건 다름 아닌 바다였다.

드넓은 바다가 바로 눈앞에 있었다. 고인 강물에서 나던 악취가 가시고 어느새 바다 특유의 짜고 비린 냄새가 가득했다. 해안을 따라 걷다 보니 물고기 한 마리가 뭍에 나와 말라 있었다. 그 뒤로 줄지어 사체가 널려 있었다. 작은 물고기를 시작으로 거대한 고래까지 다양했다. 언제 어떻게 죽었는지는 알 수 없었지만 모두 동일하게 부패되어가고 있었다. 걸으면 걸을수록 죽은 것들로만 가득했다. 너무 많은 사체가 해안을 뒤덮어버린 탓에 더는 길이 없었다. 그럼에도 행렬은 멈추지 않고 어딘가로 나아가기만 했다. 거긴 바다였다.

여기가 끝이래요.

얘야, 더 무너져야 한다.

행렬은 흔들림 없었다. 모두가 분주하게 바다를 향해 나아갔다. 그 누구도 망설이지 않았다. 모래에 빠져 휘청거리면서도 정확하게 걸음을 내디뎠다. 주저하는 건 오로지 나뿐이었다.

우리에겐 작은 배 한 척도 없잖아요.

신발 안으로 바닷물이 조금씩 밀려들어왔다. 발목과 무릎께를 지나 사타구니까지 물이 차올랐다. 모두가 차례대로 몸을 지워가고 있었다. 다리가 잘린 사람들이 수면 위로 둥둥 떠올랐다. 우리는 물을 밀어내며 더 깊은 바닷속을 향해 걸어갔다. 뭔가에 홀린 듯 앞으로 나아가기만 했다. 어느새 물이 허리께까지 차오르고 서로의 손이 물속에 잠겼다. 물살에 걸음이 더뎌지는 나와는 달리 어머니는 변함없이 앞으로 나아갔다. 우린 여전히 손을 잡고 있었는데도 닿을 수 없을 만큼 멀어졌다. 아무리 걸어도 멀어지기만 했다. 나는 안개 너머로 서서히 사라져가는 행렬을 바라봤다. 다시는 만나지 못할 텐데. 아이에게 손 한번 흔들어주지 못해서 나는 그 자리에 오래 서 있었다.

음,

여기 오선보가 있다. 한 치의 오차도 없이 정교하게 그려진 다섯 개의 선이 평행을 유지한 채 무한히 뻗어나간다. 선은 견고한 국경이 되어 땅을 가른다. 선과 선 사이에 동일한 형태와 면적의 땅이 있고 시차가 벌어지며 도시가 세워지고 있다. 모든 일이 고요하고 분명하게 일어난다. 선이 갈라놓은 토막마다 사람이 태어나고 태초에 대한 소문이 여러 가닥으로 퍼져나간다. 소문은 부지런히 달려 마침내 국경을 넘는다. 한번 달아난 소문은 다시는 되돌아오지 않고, 사람들은 비슷한 방식으로 살다 죽는다. 그러한 순리 속에서 사람들은 보이지 않는 선을 지키며 산다. 선을 넘지 않고 선을 행하며 삶을 영위한다. 사는 건 제법 단순해서 단숨에 일생이 지나가고 그렇게 몇 세기가 흐른다.

*

도시는 차분하게 놓여 있다. 적당한 변화를 겪고 적당히 유지된 채로 있다. 사람들은 조금의 변화도 눈치채지 못하고 하루하루를 보낸다. 주어진 일을 해내고 각자의 유희를 즐길 뿐이다. 아무도 그러라고 한 적은 없지만, 도시에서 태어난 이들은 모두 도시에서 죽는다. 어떠한 방식으로도 도시 밖을 상상하지 않는다. 도시에 기차가 지나지 않아서인지 모두들 떠나지 못하고 남아 있다. 기차가 운행된 적 없으니 버려진 기찻길조차 없다. 마찬가지로 기차역뿐만 아니라 대합실도 없고, 어쨌거나 도시에선 누군가를 기다리는 법이 없다.

도시의 아이들은 낮이면 어디선가 나타나고 밤이면 어디론가 사라진다. 약속이라도 한 것처럼 동시에 나타나 도시 곳곳을 파헤치고 다니다가 착실하게 사라지는 게 아이들의 일과다. 제법 단순해 보이지만 아무도 그들의 일과를 이해하지 못한다. 어째서 그토록 도시를 헤매는지 정말 아무도 모른다. 아이들은 태어나서 뭐 하나 얻은 것 없이 잃어버린 게 전부다. 너무나 많은 걸 잃어서 그게 뭔지도 잊었다. 천진한 아이들은 자신도 모르는 것을 찾는 일에 매일 몰두한다.

그들은 하나같이 누군가에게 버려지거나 누군가를 버림으로써 도시로 나온다. 보살펴주는 사람이 없기에 그들은 서로를 보살피며 자란다. 매일 일과를 함께하며 언제나 동일한 양의 햇볕을 쬐고 비를 맞는다. 같은 종류의 음식을 먹고 마시기에 같은 이유로 배앓이를 한다. 무리를 지어 다니며 어디선가 주워 온 돌이나 유리 조각으로 각자 선을 긋는다. 돌아가기 위해 저마다 지나간 자리를 표시해두기라도 하듯 부지런히 임한다. 땅이나 담벼락에 그은 선들이 그림이나 지도처럼 보이기도 하지만 이들의 도시에는 지도가 없고 그 누구도 친절히 길을 알려주는 법이 없다. 이름을 지어다 준 이들 또한 곁에 없으니 제 이름으로 호명되는 일도 일어나지 않는다. 그렇게 이름을 지운 채로 살아가지만 그 사실에 딱히 개의치 않는다. 잃어가는 게 하나둘 늘다 보면 그 또한 익숙해지기 마련이다.

밤은 대체로 쓸쓸하다. 도시는 차갑게 식어가고 밤바람에 주인 없는 발자국이 서서히 지워진다. 우체통에 꽂혀 있던 편지가 떨어지고 낙엽이 정처 없이 굴러다닌다. 도시의 밤은 낮의 흔적을 소거하는 바람 소리가 유난하다. 해변의 모래사장 위에 지어진 모래집이 초라하게 남아 있다. 집 없는 아이들이 모여 앉아 모래를 쌓고 두드려 만들어놓았다. 짓고 부

음,

수고를 수차례 반복한 탓에 밤바람에도 형체가 온전하지만, 찾아오는 이가 없으니 버려진 집이 하루가 다르게 늘어간다. 어쩌다 찾아오게 되더라도 자신이 만든 집을 알아보지 못하고 그 옆에 같은 모양의 집을 짓기에 날마다 새로운 집이 생겨나고 버려진다. 누구 하나 알아차리지 못해 평생을 모르고 지낸다. 그저 바쁜 일과를 보내다가 날이 어두워지면 왔던 길로 제각기 돌아갈 뿐이다. 밤을 견뎌내는 건 오로지 혼자만의 몫이 된다.

온몸에 흙을 묻히며 각자의 모래집을 짓던 아이들이 사라진 밤이다. 차갑고 건조한 밤바람이 선을 잡고 흔든다. 나약하게 흔들리는 선 위로 아이들의 몸이 하나둘 걸린다. 모두 하나의 음처럼 각자의 자리를 지키고서 깊게 잠들어간다. 도시는 저만치 멀어지고 이 순간만큼은 무엇 하나 잃어버리지 않는다. 그것으로 평온한 밤이다.

*

하루를 시작하는 아이들의 걸음마다 선이 떠오른다. 일정한 굵기와 길이의 선이 도시를 끝없이 가로지른다. 고층 건물을 휘감고 지나 매연에 휩싸였다가 금세 한적한 공원으로 멀리 달아난다. 아이들은 언제 어디서든 허공의 선을 붙들고 매달려 눈에 보이지 않는 선들로 가득 채워진 도시를 맘껏 활보한다. 그런 유희를 누구도 신경 쓰지 않는다. 아이들은 각자의 선을 붙잡고 하나의 견고한 음이 되어간다.

태어나 처음으로 뭔가를 얻는 기쁨을 느낀다. 그것이 삶을 통째로 바꿔주지는 않으므로 그들의 일과는 언제나 그렇듯 도시를 헤매는 게 전부다. 동이 트면 번지 점프를 하는 것처럼 한 줄기의 선을 매달고 바깥으로 뛰어든다. 여전히 잃어버린 것들을 찾으러 다니고 그 와중에도 뭔가를 꾸준히 잃어버린다. 딱히 달라진 건 없다. 도시에는 도시를 떠나지 못하는 아이들이 모여 각기 다른 음을 이룬다.

자라나는 중이라고, 착실하게 자라 뭔가가 되어간다고, 세상의 수많은 곡들 중 일부가 될 거라고 저마다 확신한다. 날이 갈수록 예전보다 더 많은 선을 지나고 있기에 가끔 저들끼리 엉키고 풀어지고를 반복한다. 끊어내야 될 정도로 엉켜있다가도 어느새 가지런히 풀어진다. 그런 과정들 속에서 아이들은 선 위를 맨발로 걸어가기도 하고 실수로 발이 걸려 넘어지기도 하며 선과 선 사이를 곡예하듯 능숙하게 뛰어넘기도 한다. 소리 없이 살아가던 아이들에게 이제 선을 이탈하지 않는 것보다 중요한 것은 없다. 점차 분명해져 가고 있다.

도시의 사람들은 그런 아이들을 바라본다. 단지 바라보기만 한다. 굳이 관심 갖지 않아도 아이들은 혼자서도 잘 자라난다고 믿기에, 그들을 위해 하는 일이라곤 그저 멀리서 바라보는 게 전부다. 혹여나 마주치게 되더라도 별다른 말 한마디 건네지 않고 지나간다. 여럿이 모인 아이들 틈 사이를 가볍게 빠져나갈 뿐이다. 아이들은 그런 그들의 뒷모습을 한참 동안 바라본다. 살짝 벌어진 입이 다물어질 줄 모른다.

발이 걸리지 않은 거지.
저 많은 선들 중 단 하나에도 말이야.
정말 근사하게 통과했는걸.

말끔히 빚어진 생각들이 선을 타고 뻗어나간다. 도시의 사람들은 걸음이 빨라서 선이 채 닿기도 전에 흔적도 없이 사라진다. 선은 길을 잃고, 아이들은 그들이 사라져간 자리에 한동안 서 있다. 이내 동경이 가득한 눈빛을 하고서 그들처럼 뒷짐을 지고 정면을 주시하며 걸어간다. 앞에 뭐가 있든간에 조금의 망설임도 없이 발을 구른다. 돌부리에 걸려 넘어지고 몸 여기저기에 생채기가 나기에 금세 낙담하고 포기하는 이들이 있는 한편, 어떤 이들은 온몸에 성한 데 하나 없을 정도가 되어서야 걸음을 멈춘다. 그들 중 누구도 어른이 되지는 못한다.

*

단조로운 음들이 도시를 부양한다. 전선에 매달려 새소리를 듣거나 담벼락 아래 숨어든다. 호수 위를 한가로이 떠다니기도 하고 청량한 메아리가 되기도 한다. 이따금 도시의 사람들이 한 번도 가본 적 없는 곳에 발을 들인다. 그런 곳의 대부분은 바람이 불지 않아 멈춰 있고 빛이 들지 않는 그늘이다. 물과 공기가 흐르지 않고 고여 있어 아무것도 자라지 않는데도 아이들은 그런 곳을 잘만 다닌다.

말을 아직 채 배우지 못해 음이 전부인 아이들은 모른다. 도시의 사람들은 무얼 두려워하는지, 어떤 건 왜 무섭고 가까이하지 않는지, 어째서 피하고 싶은지, 어둡다는 것과 멈춘다는 게 어떤 건지, 그게 때론 얼마나 사람을 나약하게 하는지, 아이들은 너무나 어려서 알 리가 없다. 그래서 뭐든 겁이 없고 용감하다. 하지 않아도 될 일을 해내고 기꺼워한다. 발자국 하나 없는 곳에 음이 울려 퍼진다. 그럼에도 함부로 국경을 내다보지 않는다. 뭐든 보고 만져야 직성이 풀리는 아이들은 분명 국경 너머가 궁금할 법도 한데, 여태 시도한 적 없다. 어쩌면 아이들에게 가장 두려운 건 도시를 떠나는 걸지도 모른다. 누군가 떠나고 누군가 남겨지는 것. 그런 낯설고 생경한 것들이 아이들에게 슬픔이 된다.

아이들이 광장으로 나간다. 손에 쥔 선을 땅에 끌고 가면서 매일 뭔가를 얻는 기쁨으로 지낸다. 더 이상 잃어버린 것을 찾아 헤매는 일도 없다. 아이들의 일과가 점점 변해가고 있지만 다른 이들이 보기에 비슷한 나날일 뿐이다. 여전히 공터나 놀이터, 소각장 등을 다니며 각자 분주하다. 머리를 맞대고 둘러앉아 심각하게 선과 선 사이를 들여다보다가 이내 비집고 들어가 달린다. 달라진 일과를 아이들은 여전히 함께한다. 아직 한참 자라나야 하기 때문에 서로를 떠나지 않는다. 그러는 동안 음과 음은 하나가 되었다가 여러 개로 쪼개지고 다시 원래의 형태로 되돌아오기를 반복한다. 새로운 음이 생겨나고 하나의 마디가 완성된다. 마디가 모여 짧은 곡이 되고 아이들의 발길이 닿는 곳마다 미완의 곡들이 떠오른다.

그 순간에도 도시로 아이들이 나온다. 그들은 착실하게 음의 일원이 되어간다. 뭔가를 잃어간다는 사실에 슬퍼할 겨를도 없이 낮과 밤이 번갈아 찾아오고 매일이 흐른다. 그렇게 하루하루를 쫓아다니다 보면 그리운 계절이 발치에 놓여 있다. 여름엔 선으로 만든 해먹 위에 누워 바람을 쐬고 겨울엔

선을 끌어와 덮는다. 음 위에 쌓인 눈송이에 온기가 스며들어 녹아내린다. 몸이 젖은 아이들이 길에서 길까지 홀로 걸어가고 축축한 발자국은 시간이 지나도 마르지 않는다.

*

매일 달라지는 날씨가 있고 풍경이 있고 그만큼의 곡이 있다. 흘러가는 나날들은 모두 곡이 되고 누구도 쉽게 추산할 수 없다. 도시의 아이들은 아직 셈을 모르고 천진하다. 뭔가를 헤아리는 건 어린아이들에겐 아무래도 힘든 일이라 아무도 가르치려 들지 않는다. 그들이 태어나 유일하게 배운 거라곤 우렁차게 울고 악쓰는 게 전부다. 곁에서 바라봐주고 달래줄 사람이 없으니 그마저도 서서히 잊어간다.

아이들이 제멋대로 선을 조각조각 자른다. 잘린 선들의 양끝을 잡고 당기거나 둥글게 뭉쳐서 땅 위에 한참을 굴린다. 마른 흙이 묻어난 선과 선 끝에 풀을 발라 잇고 묶는다. 한번 끊어진 것을 다시 이어 붙이는 것에 대한 두려움이 이들에겐 없다. 몸집이 늘어나거나 줄어든 음들이 선 위로 차분하게 배열되고 새로운 그림자와 각기 다른 속도가 생겨난다. 그게 어떠한 질서가 된다. 정해진 차례에 맞춰 서로를 부드럽게 추월하고 뛰어넘고 비켜난다. 어찌 됐든 누구나 끝을 향해

가기에 어떠한 음도 낙오되지 않는다.

아이들은 매일의 질서를 세운다. 정해진 규칙 없이 제멋대로 선을 재단하다 보면 일정하던 속도와 시간의 곡들이 서서히 사라진다. 동일한 수의 음과 마디로 이루어졌던 곡들은 모두 저마다의 체고로 자라난다. 잊을 새도 없이 그렇게 변화해가고 있다. 아이들은 모든 일을 해내야 해서 어느 날은 지칠 때까지 달리고, 끝이 보일 때까지 발을 구르다가, 한 걸음도 채 걷지 않기도 한다. 날마다 달라지는 속도에 적응해야 하기에 한시도 쉴 틈이 없다.

어떤 곡은 한순간에 지나간다. 모든 음들이 한 마디 안에 모여 몸을 맞대고 있다. 서로의 곁에 붙어 떨어지지 않고 있어서 찰나에 시작되어 찰나에 끝이 난다. 너무나 빠른 속도로 지나가버려서 음은 켜켜이 포개지고 뭉개진다. 반대로 지평선보다 더 길게 이어진 곡이 있다. 하나의 음이 온전히 지나가기까지 수십 조각의 구름이 흐르고 수십 번의 비가 오고 그친다. 곡의 시작과 끝 사이에 한 계절만큼의 시간이 흘러간다. 다른 음으로 넘어가는 순간조차 더뎌서 한 곡이 하나의 음처럼 보인다. 해가 떠오를 무렵 시작되어 노을이 지고 밤이 되어도 끝날 기미가 없다. 도시의 밤은 고요해야 하기 때문에 발끝에 뿌리처럼 자라나는 선들을 이끌고 왔던 길로 되돌아간다. 아직 진행 중인 곡을 그대로 남겨놓고서, 제 차례를 기다리던 아이들이 온전히 어둠 속으로 사라진다. 모두 다 떠난 자리에 무음의 곡이 외로이 놓여 있다.

도시의 사람들은 오늘도 바쁘다. 아침이면 거리로 쏟아져 나와 각자의 일터를 향해 부지런히 걸어간다. 비슷한 보폭으로 걸음을 옮기며 익숙한 잡념에 빠진다. 전혀 무해한 표정을 하고서 골목을 지나고 갈림길을 통과한다. 한참을 걸어 비로소 고층의 건물에 도착해 문을 열고 들어서면 그곳엔 각자에게 배분된 자리와 맡겨진 일이 있다. 그들은 숨을 고를 새도 없이 자리에 앉아 일을 시작한다. 종일 얼굴도 모르는 이에게 걸려온 전화를 받기도 하고 실랑이를 벌이기도 하며 타인이 한 실수를 대신 책임지고 바로잡아야 하기도 한다. 주어진 일을 충분히 해내기엔 하루가 너무나도 짧지만 괜찮다. 못다 한 일을 하기 위해 바로 내일이 있으니까. 매일 동일한 양의 일이 자리에 놓이므로 하루가 일생처럼 되풀이되고 있다.

커다란 창문 너머로 변해가는 날씨가 보인다. 화창한 하늘에 먹구름이 몰려오더니 매서운 바람이 몰아친다. 멀리 보이는 관람차가 가다 서다를 반복한다. 그들은 창밖을 내다보며 일을 마치고 집으로 돌아가는 상상을 한다. 일이 손에 잡히지 않는지 오늘따라 더 자주 창밖을 바라본다. 저 멀리 광장을 내달리는 아이들이 있다. 술래잡기를 하는 것처럼 보이지만 정작 술래는 어디에도 없다. 그래서 누구도 잡히지 않는다. 까만 정수리가 하나둘 전깃줄에 걸리는 장면을 그들은 창문 안쪽에서 말없이 내려다보고 있다.

매초마다 2백 개가 넘는 벼락이 떨어진다는데, 저 광장은 안전할까.

밖은 위험하니 오늘 밤은 문을 단단히 걸어 잠가야겠어.

그런 생각들을 끝으로 다시 일에 매진한다. 생각보다 많은 일을 처리하지 못하고 하루가 끝나가지만 크게 미련을 갖지 않는다. 오늘의 내가 해내지 못한 일을 내일의 내가 분명 해낼 테니까. 그런 믿음으로 매일을 안도한다. 저녁이 되면 그들은 거리로 쏟아져 나온다. 아이들이 사라진 광장을 지나 집으로 돌아간다. 도시의 사람들은 연일 그런 굴레에 얽매인 채 살아간다.

*

불확실한 속도가 음을 쥐고 흔든다. 허공에 힘없이 나부끼는 음들이 서로를 마주 보며 악착같이 버틴다. 현기증에 시달리면서도 남몰래 옷자락을 움켜쥐고 떨어지지 않으려 안간힘을 쓴다. 모두가 길게 이어진 마디 안에서 완급을 견뎌내고 있다. 단 하나의 음도 곡의 바깥으로 밀려나지 않는다.

같은 풍경을 다른 속도로 지나오면서 기억은 쉽게 왜곡된다. 그들이 사는 도시에서의 기억은 일치하는 법이 없다. 그런 사실을 여전히 모르고 있기에 슬퍼하거나 단념하지 않고 살아간다. 모래집을 짓는 해변의 풍경은 아름답기만 하니까. 어떤 속도로든 도시를 넘지 못하고 아이들의 눈엔 도시가 전부다.

밤은 길고 깊다. 해가 저물기 시작하면 순식간에 밤이 오기 때문에 서둘러 회귀한다. 모두가 각자의 자리로 돌아가 수면에 빠진다. 끊임없이 몸을 뒤집으며 꿈을 꾸고 잊어가는 중이다. 하루의 경계에서 그들은 부지런히 혼자가 되어간다. 밤새 잠을 설치기도 한다. 하루를 넘을 때마다 정체된 외로움에 시달린다. 어떤 사람들은 그걸 성장통이라 부른다.

모두가 사라진 도시는 꽤나 황량하다. 거리를 활보하던 빛과 소리가 땅 밑으로 가라앉아 자취를 감추고 죽은 그림자만 박제된 채로 있다. 살아 있는 어떤 것도 도시를 침범하지 않는다. 밤의 도시는 정말 다 멈춰 있다. 그곳에 검은 선들만이 빈 악보처럼 남겨져 있다. 아이들이 밤을 피해 달아나버려서 미처 끊어내지 못한 선이 곳곳에 놓여 있다. 음과 분리된 채 텅 비어 있는 선들이 마치 이름 모를 동물의 뼈조각처럼 보인다. 소리 없이 부패되어가는 시간이다. 밤은 계속되고 있다.

아이들은 도시의 산책자로 자란다. 하루도 빠짐없이 주변을 살피며 쉬지 않고 걷는다. 반복되는 일이 지루할 법도 한데 일말의 불평도 하지 않는다. 매일 새로운 길이 생겨난다. 지도가 없는 도시에선 발길이 닿는 곳마다 길이 되어 언제나 그들을 낯선 곳으로 데려다 놓는다.

길가에는 사람의 손을 타지 않고 자라나거나 버려진 것들로 가득하다. 수풀 사이로 깨진 유리 조각이나 과일 껍질 따위가 널려 있다. 가끔 구슬처럼 반짝거리는 걸 발견해 줍기도 한다. 손에 넣은 것들을 담을 주머니가 없으니 하나같이 신중하게 고른다. 몇 번이나 들었다 놨다 하다가 끝내 골라낸 것을 품에 안거나 옷자락에 담는다. 아이들의 품은 너무나도 작아서 걸음을 옮길 때마다 기껏 골라낸 것들이 품 안에서 떨어지기도 한다. 선 위로 선명하게 떠오른 것들이 마치 악보에 나열된 하나의 기호처럼 보인다.

하루에 한 번 정해진 시간에 청소부가 길을 청소한다. 형광색 조끼를 입고 자신이 맡은 구역을 부지런히 쓸고 지나간다. 처음 맡은 구역은 별다른 일이 일어나지 않는 한 평생 바꿔지 않는다. 청소부들이 길가에 떨어져 있는 기호를 쓸어 한데 모아 버리고 얼마 지나지 않아 그들이 지나간 곳에 그만큼의 기호가 또다시 쌓인다. 도시에서는 언제나 일정한 양의 기호가 길에 배분되어 있다.

사람들의 발에 차인 기호가 몇 번이고 제자리를 잃는다. 그들은 아이들과는 달리 버려진 것에 전혀 관심이 없다. 마치 보이지 않기라도 하듯 눈길 한번 주지 않고 가던 길로 향한다. 흠집 난 구두코는 닦아내면 그만이고 늦장 부릴 여유조차 없다. 아이들은 멀리서 그 모습을 바라보다가 작은 소리로 감탄한다. 그런 아이들 중에 한 아이가 달려와 기호를 줍는다. 발에 차여 모서리가 일그러진 기호를 손에 쥐고 한참을 살펴보다가 이내 품 안에 넣고 아이들 틈 사이로 사라져간다. 기호가 선에 걸리자 무수한 음들이 반복된다. *Segno*. 반복에 반복을 거듭한다. 한 마디를 넘어 한 곡이 반복된다. 곡이 끝나지 않고 자꾸만 처음으로 되돌아간다. 처음 보는 광경에 아이들은 손뼉을 치며 좋아하다가도 금세 지쳐 따분해한다. 한 아이가 입이 찢어지게 하품을 하자 주변에 있는 아이들도 따라 입을 쩍 벌린다. 악보 안에서 일어나는 모든 일이 분명하게 되풀이되고 한참을 그렇게 갇혀 시간이 흐른다. 밤이 오지 않는다면 평생을 같은 일을 반복하며 살게 되겠지만, 언제나처럼 도시에 밤이 찾아오고 하루가 지나간다.

곳곳에서 주워 온 기호를 펼치고 골몰한다. 깨지고 조각나 있는 것들을 마치 퍼즐을 맞추듯 섬세하게 끼워 맞춘다. 여러 조각을 맞대고 붙이면 원래부터 온전히 하나였던 것처럼 보이기도 한다. 아이들의 손을 거치면 모든 것이 유일해진다. 도시에 없던 새로운 형태의 기호가 생겨나고 있다.

빚어낸 기호들이 떠오른다. 음은 선 위에서 부드럽게 구르고, 마디와 마디 사이를 미끄러지듯 오르내리며, 영원히 반복되었다가, 들키지 않을 정도로 서서히 소리를 낮춰가며 여리게, 점점 여리게, 보다 더 여리게…… 마지막 숨을 뱉어내는 것처럼 여리게…… 숨이 멎어간다. *Tacet*. 음이 멈추고, 긴 휴식이 도래한다. 아무 일도 일어나지 않고, 그저 고요하게 멈춰 있다. 모든 음과 속도가 무의미해지고 소리를 잃은 숨결만이 선 위로 힘없이 흐트러진다. 공기의 떨림이 흔적도 없이 사라져가고 있다. 각인된 기호만이 거기 남아 안식을 지휘한다. 모두의 휴식이 끝나지 않는다. 휴식을 마치게 할 기호가 어디에도 없다.

*

도시에 곡이 연주되고 선율이 울려 퍼진다. 아름다운 음이 모여 광장을 활보하고 건물을 점거한다. 지시된 기호에 따라 각기 다른 형태로 도시 전체를 수놓는다. 선으로 가득 찬 도시는 하나의 거대한 악보가 된다. 어느 곳에서든 동시에 동일한 곡이 퍼져나간다. 도시에서 일어나는 모든 일이 일정한 리듬에 따라 진행되기에 바람이 불고 관람차가 돌아가며 건물이 무너진다. 지붕에 불이 붙은 건물이 위에서부터 천천히 무너져 내린다. 누구의 지휘도 없이 연주되는 곡에 맞춰 도시의 그림자가 변해간다. 눈앞에서 벌어지는 크고 작은 일들을 바라보며 아이들은 슬퍼할 틈이 없다. 처음 보는 일들도 익숙하게 받아들일 뿐이다.

무너진 건물 반대편으로 누군가 멀리 달아나는 걸 아이들이 지켜본다. 뒤에서 아무도 쫓아오지 않는데도 그 사실을 모르고 꽤나 다급하다. 잠깐 눈을 감았다 뜬 것뿐인데 그는 어디론가 사라지고 없다. 그들은 주변의 풍경을 눈으로 훑어보다가 한참이 지나서야 서로의 귓가에 작게 속삭인다.

다시는 돌아오지 않을 거야.
그 속도라면 지금쯤 분명 도시를 아예 달아나버렸겠지.

며칠째 모래사장에 발자국이 없고 버려진 집만 있다. 대가 끊긴 가문의 무덤처럼 보이는 이곳은 유난히 쓸쓸하고 황량하다. 유일한 방문객이었던 아이들이 언제부터인가 오지 않고 그 자리에 부리가 큰 새가 머물다 간다. 오랜 비행으로 지쳐 한번 땅에 발을 디디면 좀체 움직이지 않는다. 집 주위에 얌전히 서 있다가 그새 어딘가로 훌쩍 떠나갈 뿐이다.

사람들의 일상은 변하지 않는다. 도시에 아름다운 곡이 울려 퍼지고 있다지만 달라진 건 없다. 그들에게 곡은 들리지 않고, 어쩌다 들린다 하더라도 소음에 불과하다. 도시에 곡이 연주되고 있다는 사실조차 모르는 그들의 일상은 너무도 고요하고 단조롭게 흘러간다. 오랜 시간을 그렇게 지내온 탓에 권태롭다고 느끼거나 싫증 내지 않는다. 어쩌면 각자의 삶 속에서 뭔가 변화하는 게 두려운 건지도 모른다.

그들은 익숙하게 곡을 밟고 지나간다. 수시로 침을 뱉고 담뱃재를 떤다. 술에 취해 비틀거리며 걷다 홧김에 술병을 내려쳐 깨기도 한다. 그들의 발밑에 음이 깔리고 으깨진다. 땅에 붙어 납작해지고 잘게 부서지고 그 위를 여러 명의 사람들이 지난다. 그런 사실을 아는지 모르는지, 각자의 자리로 걸어가기 바쁘다. 매일 동일한 길을 지나고 문턱을 넘어 자신에게 마련된 자리로 가 앉은 뒤 낯익은 얼굴들에게 인사를 건넨다. 일련의 과정이 어떠한 평안을 가져다준다. 그 모든 일들과 함께 한 음 한 음이 으스러진 채 연주되고 있지만 그들은 모른다. 너무도 오래전에 음을 잊어버렸으니 들릴 리가 없다. 전부 잊거나 잃어서 매일 묵음으로 살아간다. 그렇게 많은 일들이 소리 없이 지나가고 지워지며 묻힌다. 도시에선 그게 하나의 공식이 되어간다. 이해할 수 없는 일들 앞에서 모두가 암묵하고 아이들이 그걸 골똘히 바라본다.

음이 사라진 삶은 일정한 속도로 흘러간다. 공평하게 주어진 도시의 날들로 그들은 삶을 채워나가고 있다. 깨진 화염병에서 솟아오른 불이 점점 몸집을 키우다 마침내 건물을 다 태우고 꺼지는 것처럼 삶은 지난한 하루를 모아 순식간에 생을 마감한다. 도시의 사람들 중 누구도 동의하지 않았지만, 일생은 언제나 그렇게 완성된다.

*

아무도 듣지 않는 연주가 계속되고 있다. 여전히 도시에는 청중이 없고 아이들은 그걸 모른다. 마디 곳곳에 원래의 음이 사라지고 없다. 그리고 천천히 사라지고 있다. 어긋난 몸체에 작은 불씨가 붙어 서서히 번져나가고 이내 몸 전체를 잠식하고 뒤덮는다. 몸에 달라붙어 있던 먼지나 모래 따위가 공중에 떠올라 잿빛의 연기가 되어 바람의 결을 이루고 도시를 한참이나 떠돌다가 해변의 모래사장 위에 차분히 내려앉는다. 음이 말끔히 타 들어간 자리는 여백으로 남아 시간을 붙들고 음과 음 사이의 간격이 서서히 벌어진다. 서로가 멀어져가는 걸 도시의 아이들은 말없이 바라보기만 한다. 말을 모르는 아이들은 말을 전하지 못해서 서로의 연유를 모른다. 이해 없이 반복되는 도시의 일들로 곡은 점차 엉망이 되어간다. 남겨진 음은 제 몫의 일을 침착하게 해내고 그 순간에도 몇 개의 음들이 발끝부터 희미해지고 있다.

곡은 투명한 발로 도시를 정처 없이 떠돈다. 곡이 완성되고서 단 한 번도 곡명을 부여받은 적이 없기에 누구에게도 호명되지 않는다. 눈에 보이지 않는 것이나 세상에 없는 것에도 이름이 있기 마련인데 여태 곡에는 이름이 없다. 무제인 곡들이 도시에 갇혀 음을 잃어가는 중이다.

악보에 여백이 늘어갈수록 혼자가 되는 일이 쉬워진다. 누군가 사라지면 누구나 남겨지기에 태어나 처음 목도한 광경이 되풀이되고 있다. 그런 것이 일생이라 여기며 매일을 견뎌내고 남겨진 아이마다 남몰래 생각한다.

떠난 건 돌아오는 법이 없지.
한 차례 더 떠나야 할 테니까.

그러니까 우린 모두가 술래야.

아이들이 하나둘 악보를 떠난다. 보다 완벽하게 떠나기 위해 발끝에 매달린 선을 몸 안에 철저히 숨긴다. 신발 안쪽으로 밀어 넣거나 발목에 칭칭 감아 묶는다. 선에 붙어 있던 기호가 떨어지더라도 상관하지 않는다. 아이들은 더 이상 뭔가를 줍지 않아서 기호는 버려진 곳에 그대로 놓여 있다가 하루가 지나면 그 구역을 담당하는 청소부에 의해 말끔히 치워진다. 한데 쌓여서 불태워지고 그 이후의 일은 아무도 모른다.

아이들의 걸음마다 이어지던 선은 이제 없다. 몸의 한구석에 구겨 넣고 지내다가 몸에서 흘러내리거나 매듭이 풀리면 아주 드문 경우에 끊어내기도 한다. 대부분의 아이들은 그렇게 선을 숨긴 곳을 잊고 숨겼던 기억조차 잊어버린다. 가끔 떠오르더라도 잠시 추억에 잠길 뿐이다. 그런 과정으로 음은 더 이상 음이 아니다. 음을 잃어버려서 그들은 서로를 잃는다. 누군가에겐 몇십 년이고 다른 누군가에겐 며칠일 뿐인 그간의 날들이 사이좋게 지워진다. 그들이 함께한 장소만 그 자리에 그대로 남아 있다. 그들은 그곳을 지날 때야 어렴풋이 기억하지만 더 많은 것들은 기억하지 못한다.

꼬리표처럼 따라다니던 선이 없어서 아이들은 이제 제법 어른처럼 보인다. 아직까지도 말을 모르고 덜 자란 아이들이 사람들 틈 사이를 자유롭게 걸어 다닌다. 선이 없으니 발이 걸려 넘어지는 일도 없고 선 위를 달려 다니지도 않으며 선 틈 사이에 숨지도 않는다. 넘어지고 다치는 일이 두려워져버렸기에 사람들이 다니지 않는 곳은 일절 가지 않는다.

악보는 온통 여백이 된다. 모든 게 휘발되어 말끔히 비워져 있다. 도시의 어디서도 곡이 연주되지 않고 그런 사실을 아무도 모른다. 애당초 부재했던 것처럼, 누구도 슬퍼하지 않고 일상을 살아간다. 그리워하는 이 하나 없어서 아이들은 떠나온 시절로 돌아갈 길 없이 순식간에 어른이 된다. 아니, 돌아갈 곳을 깨끗하게 잊어서 당장 눈앞에 놓인 삶을 살아가야만 한다.

*

도시는 여전하다. 일정한 간격으로 해가 뜨고 진다. 그 사이에 많은 일이 일어나고 잊혀간다. 반복되는 일상 속을 도시의 사람들이 살아가고 있다. 그들은 여전히 여유가 없고 오로지 주어진 일을 해내며 바쁘게 지낸다. 자신을 비롯한 그 누구에게도 관심을 두지 않고 곁에 둔 사람들과 서로 말 한마디 섞지 않고도 잘 살아간다. 살면서 필요한 말이 그들에겐 사라지고 없기에 아이들은 어쩌면 다 자라서도 말을 모르는 채로 평생을 보내게 될지도 모른다.

그런 도시에 끊임없이 누군가 태어나고 죽는다. 태어난 만큼 죽고 죽은 만큼 태어나서 도시는 어느 쪽에도 치우치지 않고 안정적으로 유지된다. 갑작스럽게 너무나 많은 사람이 죽더라도 며칠 지나면 그만큼의 사람이 태어나 자란다. 슬프거나 혹은 기쁜 일들이 적당히 뒤바뀌며 일어난다. 도시의 균형은 그런 것이다. 이상하리만치 정확하게 설계된 탓에 모두가 공평하게 잘 살아 있다.

지금 이 순간에도 한 아이가 도시로 나온다. 태어나 처음 바깥에 나온 것처럼 부지런히 두리번거리며 주변을 살핀다. 몇 차례 넘어지면서 손에 흙이 잔뜩 묻은 것도 모르고 아이는 제 할 일을 다한다. 보이지 않는 것을 쫓다가 작은 품 안에 뭔가를 잔뜩 안고서 멀리 달아난다. 그 순간, 땅 위로 선이 생겨나고 지워진다. 아무도 서로의 국경이 세워지고 있는 걸 모른다.

모래사장에 음이 널려 있다. 투명한 몸으로 햇볕을 쬐고 바람을 맞는다. 가끔 부리가 큰 새가 날아와 곁을 지키고 때론 아주 멀리 물어가기도 한다. 한번 떠난 새는 너무 먼 곳으로 날아가버려서 돌아오는 데 한참이 걸린다. 모르긴 몰라도 지구 한 바퀴 정도는 충분히 돌고도 남을 만큼의 시간이다. 그 시간이 지나도록 음은 여전히 제자리를 지키고 있다. 하다못해 작은 날개도 없으니 어디든 떠날 수 없고, 매일 같은 자리에서 동일한 양의 빛과 어둠을 온몸으로 받아낸다. 몸은 온전하지 않아서 조금도 자라나지 않는다. 그저 멈춰버린 한 순간을 영원처럼 살아가고 있다.

마른 모래가 밤바람에 날리고 버려진 집이 어둠 속에 굳게 서 있다. 시간이 오래 지났으니 무너져 내릴 법도 한데 아직까지도 끄떡없다. 둥근 집 위로 작은 손자국이 희미하게 남아 있다. 손바닥의 주인은 지금쯤 어른이 되었을지도 모른다. 자신이 정성스레 지은 집도 잊은 채, 도시를 누비며 살아가고 있을 게 분명하다.

밤에 일어나는 일은 아무도 모른다. 버려진 집마다 음이 묻히고 비로소 작은 관이 되어 도시의 비밀을 가둔다. 차갑고 투명한 음이 모래에 덮여 질식된다. 작고 고운 모래 입자가 음의 몸속에 알알이 박혀 음의 일부가 된다. 더 이상 바람을 맞지도 않고 새에게 물려갈 일도 없다. 어쩌면 할 일 없는 아이들이 집을 부수고 그 위에 새로운 집을 지을지도 모르지만, 그런 일이 일어나기 전까지 음은 얌전히 묻혀 있다.

모래사장은 음의 무덤으로 가득하다.

*

모일 새벽, 바닷물이 밀려들어온다. 특유의 짠내가 당신의 몸속 깊숙이 들어찬다. 발치에 일렁이던 바닷물이 어느새 발목께를 가만가만 적시고 있다. 작고 마른 발이 몇 번이고 지워지고 나타나길 반복하며 발끝은 붉게 물들어간다. 어디까지 왔나. 당신은 꿈쩍도 하지 않은 채 모래바람을 맞으며 수평선 너머를 바라본다. 바닷물이 어디까지 차올랐는지 알 수 없다. 다만 거대한 수면이 당신의 몸을 붙잡고 흔든다. 당신은 표정 하나 바꾸지 않고 한참을 그렇게 서 있다. 풍경에 박제되어 도시의 바깥을 바라본다. 여전히 아이로 남아 세상의 모든 새벽을 다 흘려보낸다.

애프터눈 티

한 여인이 울타리 안에서 정원을 가꾼다. 평소처럼 잔디를 다듬고 연못에 떠 있는 낙엽과 죽은 벌레를 뜰채로 가볍게 건져낸다. 사다리를 타고 나무에 올라 말라 죽은 이파리를 잘라내기도 한다. 그리고 가끔 덫에 걸린 벌레나 쥐의 숨통을 손수 끊어낸다. 아무래도 지겹고 지독하니까. 바람이 불거나 비가 내리는 궂은 날에도 여인은 부지런히 정원을 가꾼다. 정원은 언제나 아름답고 그건 오직 여인만이 안다.

정원에 누가 돌을 던지나.

여인이 잔디 사이에 숨어 있는 돌을 찾아낸다. 돌은 땅에 몸을 박고 자라는 꽃처럼 검게 피어 있다. 여인은 돌을 손에 쥐고서 정원을 가로질러 간다. 정원을 지키기 위해서라면 어떤 일이든 감수해낼 것처럼 비장해 보인다. 정원 입구에 다다르자 걸음을 멈춘 여인이 잠시 망설인다.

돌을 던질 수야 없지.
뭐든 기어코 다치고 깨지니까.
그게 빈 화병이라 하더라도.

여인은 손을 뻗어 울타리 바깥에 슬그머니 돌을 내려둔다. 돌은 어디로든 굴러가지 않고 얌전히 놓여 있다. 여인은 돌을 노려보다가 이내 정원으로 걸어 들어간다. 비어 있는 걸 알면서도 우편함을 슬쩍 열어보는 것도 잊지 않는다.

몇 날 며칠, 돌은 그 자리에 있다. 화창한 날에는 가끔 여인이 정원에 물을 준다. 분무기로 몇 차례 물을 뿌리면 돌의 표면에 들러붙어 있던 모래 먼지가 쓸려 내려간다. 거칠고 마른 표면이 물에 젖어드는 걸 바라보면서 뭔가를 기르는 일은 대개 즐겁다는 생각을 잠깐씩 하기도 한다. 하지만 일찍이 과부가 된 여인은 그런 기쁨이 오래 지속되지 않으리란 걸 알고 있다. 그런 종류의 감정들로는 온전히 일상을 이루기도 전에 금방 혼자가 되어버리곤 했으니까.

돌이 사라지던 날, 그날도 여인은 정원을 가꾸는 일에 한창이었다.

저 길 너머에서 언제나 당신이 보여요.

정원 안쪽으로 누군가 걸어 들어온다. 인기척을 따라 고개를 돌리자 앳된 얼굴의 그녀가 여인을 향해 가볍게 목례를 한다. 낯선 이의 방문에 당황한 것도 잠시, 여인은 애써 태연한 척 미소를 지어 보인다. 정원이 참 아름답네요. 발목까지 오는 긴 원피스를 입은 그녀는 어느새 제 집인 양 들어와 한가롭게 정원을 둘러본다. 울타리를 손으로 쓸어보거나 나무 밑을 거닐며 낙엽을 밟기도 한다. 그러는 동안 여인은 그녀를 기억해낸다. 얼마 전 길 건너편 집에 이사를 왔었지. 짐을 실은 트럭을 오가며 홀로 분주하게 짐을 나르던 그녀의 얼굴을 여인은 여전히 기억하고 있다.

안심해요, 내 정원에 꽃은 없으니까.

여인은 처음으로 정원을 찾아온 그녀를 집으로 들인다. 집 안을 둘러보는 그녀를 뒤로한 채 원목 수납장에서 화려한 문양의 찻잔 세트를 꺼낸다. 진열된 찻잔과 그릇은 모두 거꾸로 뒤집혀 있다. 그러니 언제든 차와 음식을 담아 내어갈 수 있다. 여인은 정성스럽게 차를 우려낸 뒤 식탁으로 가 그녀의 맞은편에 앉는다. 그들은 뜨거운 차를 부지런히 불어 마시며 시간을 보낸다.

해가 저물고 그녀가 집으로 돌아가고 나서야 여인은 여태 정원을 가꾸지 못했다는 사실을 깨닫는다. 서둘러 정원으로 나간 여인은 문득 길 건너에 있는 집을 바라본다. 여태 한 번도 눈여겨본 적 없던 이층집이다. 한눈에 보기에도 크고 화려한 아치형 창문이 끝없이 늘어서 있다. 언제나 저기서 자신을 바라보았을 그녀를 떠올린다. 어쩜, 다정하기도 하지. 여인은 두 뺨을 붉게 물들이고서 잡초가 담긴 자루를 질질 끌고 집으로 들어간다. 벽난로에 자루를 최대한 밀어 넣고야 어질러진 식탁을 치운다. 찻잔에 말라붙은 얼룩을 흐르는 물에 헹구고 뒤집어놓는다. 먼지가 일지 않도록 주의하면서 원목 수납장을 닫는다.

마음을 다해 기르는 건
정원이 유일하다고.

그로부터 얼마 뒤 여인은 그녀의 집들이에 초대받는다. 평소보다 일찍 일어난 여인은 몸을 치장하는 일에 여념이 없다. 전날 밤에 미리 다려놓은 옷을 입고 구두에 묻은 흙을 털어내어 신는다. 애써 한 치장이 망가질까 봐 정원을 가꾸는 일 같은 건 하지 않는다.

여인은 초대의 답례로 준비한 허브를 들고 집을 나선다. 길을 건너 그녀의 집 현관에 들어서던 중에 새장이 매달려 있는 고목을 보고 잠시 걸음을 멈춘다. 빈 새장 안에 물과 모이가 보기 좋게 담긴 그릇이 가지런히 놓여 있다. 새장의 문을 저리 닫아두었으니 뭐라도 기르고 있는 걸까. 그런 생각을 하던 와중에 현관 안쪽에서 웃음소리가 들려온다. 그 소리에 이끌려 집으로 들어가자 커다란 원형 식탁에 여섯 명의 여인들이 둘러앉아 있다.

상냥하고 친절한 나의 이웃들.

일곱 명의 여인들은 차례로 돌아가며 서로의 집을 방문한다. 그들은 특별히 하는 일 없이 차를 마시며 담소를 나눈다. 차에 곁들일 쿠키나 빵을 굽거나 과일이나 치즈를 올린 카나페를 만들어 먹기도 한다. 클래식 음악을 들으며 카드놀이를 하기도 하고 신문에 인쇄된 틀린 그림 찾기를 하기도 하며 하루를 보낸다.

한가로운 낮.

실수로 다 태워버린 버터쿠키가 탁자 위에 산처럼 쌓여 있다. 오븐에서 시작된 연기가 온 집 안을 뒤덮고 있다. 창문은 죄다 닫혀 있으니 나아질 기미가 없다. 여인들은 서로의 얼굴이 온통 희미해진 채로 나른하게 의자에 기대어 앉아 허공을 바라보고 있다.

연기가 끝도 없이 부양하고 있어.
아득해지고 있는 걸까.

한 여인이 바닥에 굴러다니던 술병 하나를 집어 든다. 자신의 술잔에 술을 가득 따르고 입안에 털어낸다. 그렇게 비워진 술병이 다시 바닥을 굴러간다. 멀리 굴러가기도 전에 다른 이가 술병을 집어 든다. 그녀는 술병에 술이 다 떨어진 걸 알아차리고 끝없이 절망한다.

그러던 차에 누군가 술에 취해 졸고 있는 것을 여인들이 뒤늦게 발견한다. 그들은 키득거리며 검게 탄 버터쿠키를 그녀의 눈두덩에 몰래 올려둔다. 주위가 믿을 수 없을 만큼 어두워져 그녀는 더 깊은 잠에 들어간다.

오직 한 여인이 창문 너머로 바깥을 바라본다. 하지만 뿌연 연기가 창문을 가려 좀처럼 밖이 보이지 않고 있다. 재 좀 봐, 정원을 그리워하고 있어. 여인들은 손수건으로 입을 가린 채 창문을 일제히 열어젖힌다. 거실에 난 네 쌍의 창문이 한꺼번에 활짝 열린다. 그러자 바깥을 내다보고 있던 여인의 얼굴이 금방이라도 비명을 지를 것처럼 새하얗게 질린다.

거기 베레모를 푹 눌러쓴 군인이 정원을 가로질러 간다. 그의 걸음은 아주 곧고 정확하며 조금의 흐트러짐도 없다. 금방이라도 적의 목에 총을 겨눌 것처럼 위엄 있고 장중해 보인다. 여인들은 창문에 매달려 숨을 죽이고 그 광경을 훔쳐본다. 얼굴이 새하얗게 질린 여인이 서둘러 창문을 닫고 커튼을 친다.

군인이 나아가는 방향으로
테러가 난다고 해.

여인이 작은 목소리로 힘주어 말한다. 순간 잠이 들었던 그녀가 슬며시 눈을 뜬다. 검은 조각을 여전히 눈두덩에 올리고서 입술을 벌린다.

안심해, 처음부터

내 정원에 꽃은 없었어.

여인들은 커튼이 쳐진 창문을 하염없이 바라본다. 베레모를 푹 눌러쓴 군인은 이미 마을을 떠나고 없다. 마을을 떠나본 적이 없기에 그들은 군인의 행방을 모른다. 한동안 침묵이 지속된다. 하루도 잊어본 적 없는 얼굴을 저마다 떠올린다. 마음을 다해 기르고 가꾸었던 모든 것들에는 각자 지어준 이름이 있다. 입술 끝에 발음하기도 전에 곁을 떠나곤 했지만. 마을의 여인들은 그런 슬픔을 하나쯤 안고 살아간다. 그들의 얼굴이 차갑게 식은 버터쿠키처럼 딱딱하게 굳어간다.

창문을 닫아버려서 다시, 연기가 부양하고 있다.

여인들은 해가 저무는 정원을 지나 집으로 돌아간다. 현관문을 꼼꼼히 잠그고 저마다의 밤을 준비한다. 원형 촛대에 양초를 끼우고 불을 붙인다. 욕조에 더운 물을 받아놓고 버섯을 넣은 수프를 끓인다. 창가에 서서 길을 오가는 이가 있는지 살핀다. 길을 비추던 가로등이 다 꺼지고 나서야 창을 닫고 커튼을 친다. 수프를 그릇에 가득 담아 빵과 함께 곁들여 먹고 다 식어 미지근해진 물에 거품을 풀어 욕조에 몸을 담근다. 물과 함께 거품이 바깥으로 밀려난다. 푸른 타일 위에 놓인 양초가 녹아내리고 있다. 이렇듯, 밤은 언제나 혼자다.

한 여인이 배웅을 마치고 정원으로 걸어 들어온다. 군인이 밟고 지나간 자리마다 잔디가 깊게 패여 있다. 정원에 둘러진 울타리가 일부 망가져 있기도 하다. 연못 안에 배를 뒤집고 죽어 있는 물고기를 여인이 손으로 건져낸다. 손바닥 위에서 물고기는 미동도 없이 죽어 있다. 혹여나 물고기가 미끄러질까 양손으로 잘 감싼 채로 집에 들어간다. 마을에 정원을 가꾸는 이는 이제 아무도 없다.

여인은 집에 들어와 벽난로 안에 불을 지핀다. 잡초로 가득 채워진 자루가 타오르며 거실을 환하게 비춘다. 모두가 돌아간 집 안은 아주 엉망이 되어 있다. 빈 술병이 여전히 바닥을 뒹굴고 식탁의 자리마다 트럼프 카드가 질서 없이 놓여 있다. 여인은 손에 쥐고 있던 물고기를 벽난로 속으로 던진다. 불 속으로 사라진 물고기에게로 불길이 고요하고 빠르게 옮겨붙기 시작한다. 벽난로를 향해 앉아 있는 여인의 두 뺨이 붉게 물들어간다. 몸이 나른해지면서 깊은 잠에 빠져들고 있다.

저 길 너머에서 누가 문을 두드려.

나는 아득해지고 있어.

푸른 열대어

1

얼마나 긴 시간이 흘렀는지. 집에 돌아왔을 때, 거실은 푸른 어둠이었다. 현관문을 닫자 골목의 소리가 완벽하게 끊겼다. 마치 진공 상태에 들어와 있는 것처럼 집 안은 고요했다. 나는 안락한 어둠에 잠겨 한동안 창문에 스민 빛을 가만히 응시했다. 또 하루가 불행하게 흘러가버리고 만 거지. 나는 나조차 들을 수 없게 속으로 읊조렸다. 밤이 오면 끊임없이 내 안을 점령하는 생각의 전부였다.

2

창가의 빛이 비추는 수면 아래로 한 마리의 열대어만이 고요히 헤엄칠 뿐이었다.

3

한낮이면 짧게 볕이 드는 집이었다. 나는 수족관 안에 작은 열대어를 키웠다. 밤낮을 가리지 않고 열대어는 홀로 헤엄을 쳤다. 우아하게 휘어지는 열대어의 꼬리를 따라 물결이 길게 이어졌다. 유유히 물속을 가르는 열대어를 보고 있으면 왠지 마음이 편안해졌다.

언젠가 죽은 듯 멈춰 있는 열대어를 보기도 했다. 하늘에 먹구름이 잔뜩 낀 것을 보고서 옥상에 널어둔 이불을 걷어 왔을 때였다. 방금까지 쉬지 않고 헤엄을 치던 열대어가 어째선지 꿈쩍도 하지 않았다. 잠이 들었나 싶었지만 몇 시간이고 그렇게 뜬눈으로 굳어 있는 모습은 처음이었다. 아무래도 이상하다는 생각이 들어 수족관 벽면을 조심스럽게 두드리자 열대어는 이내 꼬리를 흔들기 시작했다. 한동안 다시 활발하게 물속을 헤엄쳐 다니는 것을 보며 나는 그제야 안심했다.

혹시 그게 징조는 아니었을까. 열대어가 사는 수족관은 더없이 안전해 보였고 물속에 그 어떤 것도 열대어의 생명을 위협할 수 없었지만 그것을 수족관에 들이던 순간부터 나는 모종의 불안을 키워갔다. 언젠가 머지않아 완전하게 죽은 열대어를 내 손으로 직접 꺼내게 될지도 모른다는 생각이 들어서였다. 내가 왜 이럴까. 물속에서 죽은 듯 제자리에 가만히 떠 있는 열대어를 보면 마음이 괴로웠다. 내가 왜 이렇게 되었을까. 견디기 힘들 때면 나는 가끔 처음을 떠올렸다.

처음부터 거기 있었지.

다만 그것이 텅 빈 수족관이었을 뿐이었지만. 조금 더 정확히 말하자면, 수족관이 있는 이 집에 살게 되면서 자연스레 열대어를 기르게 된 것뿐이었다. 단순히 그런 이유가 전부는 아니었지만 어쨌든 수족관이 처음부터 거기 있었다. 아마 수족관이 없었다면 열대어를 기르지도 않았을 것이다. 그렇게 생각하면 내 마음의 불안과 죄책감을 좀 덜어낼 수 있었다. 처음부터 다 정해져 있던 것처럼 여기다 보면 내가 벌인 일에 모든 책임을 다하지 않아도 어느 정도 괜찮게 느껴졌다. 그런 마음이었을까. 그가 입버릇처럼 하던 말의 의미를 이제야 조금 알 것도 같았다. 처음부터 그랬어. 공교롭게도 나는 그 말을 요즘에서야 자주 떠올렸다.

불면에 시달리다 보면 열대어가 수면 가까이서 헤엄치는 소리가 귓가에 작게 들려왔다. 밤이 깊어질수록 나는 더 처음으로 돌아가야 했다.

4

낯선 집에서 혼자는 외로웠다. 이사를 온 첫날부터 나는 몹시 무기력했다. 여태 풀지 않은 이삿짐들 사이에 누워 나는 며칠간 잡념에 빠져 살았다. 그 무렵, 내게는 회복이 필요했다. 내 안에 보이지 않는 마음들이 나를 쉴 새 없이 괴롭혔다. 잠시 머무르다 떠날 줄 알았던 마음들이 내 안에 자리를 잡고 몸을 키워나가면서 끝없이 나를 갉아먹었다. 어디로든 떠나왔지만 나는 거기서 잠시도 멀어지지 못했다는 것을 알았다.

절벽 끝에 매달린 마음이 더는 나를 침범하지 않도록 수면 위로 떠오르는 많은 생각들을 지웠다. 숨이 막혀올 때면 창문을 활짝 열고 바깥에서 불어오는 바람을 쐬며 가만히 서 있었다. 밤이면 언덕 아래로 도시의 불빛이 가득했다. 내 마음 한구석에도 잠시 빛이 드는 것만 같았지만 이상하게도 기분은 전보다 더 깊은 수면 아래로 가라앉았다. 어쩌다 여기까지 왔나. 그런 생각들이 걷잡을 수 없이 커져만 갔다. 나는 자주 밤바람을 쐬며 날을 지새웠다. 생각보다 야경이 좋은 집이었다.

거실 중앙에 놓인 텅 빈 수족관이 낯선 집을 더 낯설게 했다. 집주인 말로는 전에 살던 세입자의 것이라고 했다. 흘러가는 말로 혼자 사는데 유독 짐이 많은 아가씨였다고 했다. 그 여자가 두고 이사를 가버리는 바람에 수족관은 고스란히 내 차지가 되었다.

처음 집을 보러 온 날, 부동산 중개업자는 초인종을 눌러 보지도 않고 곧바로 열쇠로 문을 열었다. 공실인가 했지만 그런 생각이 무색하게 현관 안쪽부터 세간이 늘어서 있었다. 그는 아무런 거리낌 없이 집 안으로 걸어 들어가 커튼을 활짝 열어젖혔다.

편히 들어와 보세요. 밖에서 보는 거랑 또 다르거든.

방문을 열며 태연하게 미소 짓는 그를 따라 나는 집 안을 둘러보았다. 여태 본 집들과 다를 바 없이 작고 아늑한 집이었다. 이사 당일에 여자의 짐이 모두 빠진 집 안에서 수족관은 꽤나 존재감을 드러냈지만, 그때까지만 해도 온갖 세간들 사이에 가려 눈에 띄지 않았다. 거기 물고기가 살고 있었는지 떠올려보려 했지만 수족관이 있었는지도 기억나지 않는 마당에 그런 것까지 기억에 남아 있을 리가 없었다. 수족관이 있으니 물고기도 키웠을 거라 짐작할 뿐이었다. 언제라도 기회가 된다면 수족관을 치워버릴 궁리를 했지만 생각보다 보통 일이 아니었다. 당장에 그것을 집 밖에 내놓는 것부터 쉽지 않았다. 크기가 작지도 않을뿐더러 투명한 유리로 되어 있어 생각보다 무겁고 위험했다.

혼자서는 아무래도 무리겠지.

수족관을 제외하고 집 안은 점차 구색을 갖춰갔다. 하루에 조금씩이나마 이삿짐을 풀어 정리한 것이 꽤나 진전이 있었다. 그럴수록 거실 중앙을 떡하니 차지하고 있는 수족관이 못마땅하게 여겨졌다. 생각이 깊어질수록 그것을 두고 간 전세입자가 괘씸했다. 분명 그 여자도 어쩌지 못하고 두고 가버린 게 틀림없었다. 마찬가지로 혼자였을 테니까. 집 안 어디서든 수족관이 보여서 나는 자주 골몰했다. 눈을 가까이 대고 보더라도 수족관은 흠집 하나 없이 말끔했다. 집 안에 오래 방치되어 있었다면 먼지가 쌓였을 법도 한데 손으로 쓸어보아도 먼지 한 톨 묻어 나오지 않았다. 나는 불현듯 그 여자가 수족관을 깜빡 잊어버리고 간 것은 아닐까 생각했다. 만약 처음부터 버리고 갈 생각이었다면 미리 수족관을 비우고 잘 닦아둘 필요가 없었다. 그게 사실이라면 여자는 지금쯤 수족관을 두고 온 것을 알고서 후회하고 있을지도 모를 일이었다. 너무 멀리 가버려서 다시 찾으러 오지 못하고 있는 것이라 생각하면 그것을 미련 없이 내다 버릴 수가 없었다.

5

대충 짐 정리를 마치고 나는 처음으로 집을 나섰다. 당장에 집에 먹을 거라곤 물과 즉석밥이 전부였기에 동네 주변을 둘러보고 간단히 장을 봐 올 생각이었다. 언덕을 한참 걸어 내려가면 번화가에 전단지에서 본 대형마트가 있었다. 아직 집 주소도 제대로 외우지 못한 상태라 혹여나 길을 잃지는 않을까 걱정이 되었지만 집이 있는 한 어떻게든 찾아올 수 있을 거란 은근한 믿음이 있었다.

날이 풀린 주말이라선지 생각보다 많은 사람이 거리를 메웠다. 한적한 주택가로부터 그리 멀지 않은 곳에 이런 번화가가 있다는 것이 썩 나쁘지 않았다. 인파를 따라 한참을 걷다 작은 노점상 앞으로 젊은 남녀가 무리 지어 가는 모습이 눈에 띄었다. 그들은 달리는 차를 피해 일제히 인도로 날아든 비둘기 떼를 온몸으로 쫓아내며 저들끼리 웃었다. 비둘기 떼는 그들을 피해 멀리 달아나는 듯싶더니 이내 도로 맞은편 거리에 내려앉았다. 거긴 낡은 주택과 골목이 늘어서 있어 비교적 사람이 없었다. 비둘기 떼를 쫓아내고 그들은 그제야 평화를 되찾은 듯 보였다. 그런 풍경 속으로 한참을 걷다 보니 숨이 가빠와서 나는 또다시 혼자가 되고 싶었다.

좁은 골목 안으로 걸어 들어가자 커피 잔 모양이 그려진 간판과 함께 카페 입구가 보였다. 커피를 마실 생각은 없었지만 잠시 숨을 돌리고 싶었다. 나는 조심스럽게 문을 열고 카페 안으로 들어갔다. 밖에서 보기와는 달리 내부는 꽤나 넓었고 밝지 않은 조명 때문인지 전체적으로 편안하고 아늑한 분위기였다. 카페를 찾은 사람들은 목소리를 낮추고 일행과 조용히 담소를 나눴다. 카페에 들어서자마자 풍기는 은근한 커피향에 왠지 마음이 차분해졌다.

카페에는 생각보다 혼자 온 사람이 많았다. 일행을 기다리는지 문이 열릴 때마다 몇몇이 습관처럼 고개를 들었다. 딱히 기다리는 사람이 없던 나였지만 자꾸만 문 쪽으로 눈길이 갔다. 문을 열고 들어와 주변을 둘러보던 한 남자가 이내 구석 자리로 향했다. 오래전에 만난 듯 서로 반갑게 인사를 나누는 그들을 보며 나는 문득 그를 떠올렸다. 언젠가 그와 재회하게 될 날을 손꼽아 기다리기도 했으니까. 간절히 바라다

보면 우연이라도 정말 그런 날이 올 거라 생각했다. 한동안 집을 떠나 있던 그에게서 온 문자를 나는 몇 번이고 읽고 또 읽었다. 그러면 왠지 나도 정말 거기 있는 것만 같았다.

여기선 바다가 보여. 금방이라도 모든 것을 쓸어가버릴 것처럼 파도가 치는데, 거기 뗏목 하나가 있어.

등대가 보이는 이름 모를 해변 사진을 남긴 뒤 그에게 더는 연락이 없었다. 사실 평소에도 내가 연락을 하면 시간이 한참 흐른 뒤에야 짤막하게 답장이 도착하곤 했다. 나 지금은 거길 떠나왔어. 언제나 그런 식이었기에 나는 온전한 기다림을 그에게 배웠다. 그렇게 시간이 흐르면 또 아무렇지 않게 답장이 올지도 모른다고 생각했다. 당연한 것들을 나는 아직 받아들이지 못하고 있었다. 나까지 떠나버려서 이제는 우리 중 누구도 살지 않는 동네를 가만히 떠올리는 동안 커피는 식어갔다. 이윽고 또다시 한 차례 문이 열리는 소리에 뒤를 돌아보았지만 거긴 아무도 없었다. 카페 안에는 아직 혼자 커피를 마시는 사람이 제법 많았다.

카페를 나와 좁다란 골목을 벗어나자 사거리에 큰 극장이 보였다. 주변에는 영화를 보러 극장을 찾은 사람들로 제법 북적였다. 어쩌면 영화를 보고 나와 여태 떠나지 않고 있는 걸지도 몰랐다.

오래된 영화야. 네가 태어나기도 전에 나왔던.

한 여자가 뒤를 돌아보며 일행에게 하는 말을 듣고 나는 슬쩍 고개를 들었다. 극장 외벽에 걸린 포스터가 벽을 타고 불어오는 바람의 결을 따라 허공에 펄럭이는 것이 보였다. 여자의 말처럼 오래된 영화를 나는 알고 있었다. 너무 어릴 때라 개봉했던 당시의 기억은 잘 나지 않지만 주변에 그 영화를 본 적 없는 사람이 드물었다. 주연을 맡은 배우의 이름을 모르는 사람이 없을 정도로 꽤나 흥행했다. 그런 영화가 곧 재개봉을 앞두고 있었다.

집으로 돌아오는 길에 잊고 있던 사실 하나가 떠올랐다. 그 배우는 지금 죽고 없었다. 영화를 찍고 얼마 지나지 않아 자택에서 죽은 채 발견된 것이 한참이 지나 대중들에게 알려졌다. 배우의 의문의 죽음과 영화가 관련이 있을 거라 생각한 이들이 영화를 찾아보기 시작하면서 여러 차례 재개봉되어 꽤나 높은 기록을 세웠단 사실이 지금에서야 문득 떠올랐다. 영화를 보며 객석에서 사람들이 끝도 없이 울었다는 일화를 나는 아주 오래전에 기억에서 지웠을 뿐이었다.

집에 돌아와 수족관에 조금씩 물을 채워 넣었다. 그렇다고 뭔가를 기를 작정은 아니었다. 나는 그저 순전히 수족관에 물을 채우고 싶었다. 수족관을 옮길 수가 없어서 물병에 수돗물을 가득 받아서 들고 집 안을 여러 번 오갔다. 완전하게 비어 있던 수족관에 조금씩 물이 차올랐다. 절반 넘게 물을 채운 뒤 나는 그 앞에 가만히 앉아 수족관을 바라봤다. 잔잔한 수면 위로 작은 기포 방울이 떠다녔다. 수족관 안에 담긴 물은 티 없이 맑기만 했다. 순간 나는 충동적으로 수족관 안에 손을 집어넣고, 참을 수 없이 고요한 물속을 헤집고 또 헤집었다. 그러자 물은 회오리치며 사방으로 튀어 올랐다. 바닥과 벽지는 물론이고 얼굴에 물방울이 맺힌 뒤에도 계속되었다. 한참이 지나 수족관 밖으로 팔을 빼내자 팔뚝을 타고 흘러내린 물이 손끝에 차분히 맺혔다. 속절없이 흔들리는 수면을 보며 나는 아주 조금씩 숨을 몰아쉬었다. 점차 괜찮아지는 기분이 들었고 이런 나를 도무지 이해할 수 없었다.

6

잠이 오지 않을 때면 나는 덮고 있던 이불을 끌고 침대에서 내려왔다. 찬 바닥에 누운 채 습관처럼 조용히 중얼거렸다.

어쩌다 이렇게 되었지.

혼자가 익숙해진 뒤로 나는 내게 자주 물었다. 누군가와 대화를 나눈지 너무 오래되어서 내 말은 나만 들었다. 대체로 그런 식이었다. 나의 물음에 답할 수 있는 사람은 이제 어디에도 없었다. 아무리 묻고 또 물어도 답은 들려오지 않았다. 내가 들을 수 있는 건 오로지 나도 모르는 내 마음이었다.

7

혼자서의 생활은 늘 단조롭고 권태로웠다. 배가 고프면 간단히 빵을 뜯어 먹었고 졸리면 더는 잠이 오지 않을 때까지 잠을 잤다. 전날 읽다가 만 책을 읽을 때면 꼭 읽었던 부분이 기억나지 않아 몇 장 앞에서부터 다시 읽어나가는 일이 허다했다.

늦은 밤이면 사람들이 다 떠난 번화가를 자주 걸었다. 문득 발견한 버스 정류장에 잠시 앉아보기도 했다. 대부분의 버스 노선이 그렇듯 동네 이름을 딴 학교나 아파트 단지를 지나 외곽으로 나가고 있었다. 역시나 내가 아는 곳은 없었다. 단지 배차 간격이 가장 긴 어느 버스의 종점이 유원지라는 것만 눈에 띄었다.

외출을 하고 돌아온 날이면 일찍 잠이 들었지만 규칙적이지 않은 수면 때문인지 새벽에 자주 잠에서 깼다. 벽에서 돌아 눕자 탁자에 놓인 시계가 4시를 가리키고 있는 것이 보였다. 오늘도 이렇게 되어버렸구나. 언제나 그쯤이었다. 4시를 전후로 나는 잠에서 깨어났고 한번 달아난 잠은 좀처럼 돌아오지 않았다. 그럴 때면 아직 시작하지도 않은 하루를 벌써 다 망쳐버린 것만 같은 좋지 않은 기분이 들었다.

방문을 열고 거실로 나가자 주변이 한층 환해졌다. 창문을 타고 넘어온 새벽의 빛이 수족관을 은은하게 비추고 있었다. 수심이 깊은 곳까지 빛으로 물들어 왠지 눈을 뗄 수가 없었다. 수족관은 처음 모습 그대로였다. 얼마 전 외출을 하고 돌아와 물을 채워둔 날로부터 아주 조금도 달라진 것이 없었다. 그저 한 줄기의 수면이 수족관을 수평으로 반듯하게 가를 뿐이었다. 그 광경을 바라보다 날이 밝아올 무렵 나는 나도 모르게 잠이 들었다.

단지 수족관에 물을 채워 넣은 것뿐이었다.

텅 빈 수족관에 물을 채워 넣었다고 해서 크게 달라질 건 없었다. 아침이면 간밤에 바람을 타고 창문으로 들어온 먼지나 꽃가루가 한데 뭉쳐 떠다녔고 하루살이 같은 작은 벌레가 죽어 있기도 했다. 물은 금방 더러워졌고 꾸준한 관리가 필요했다. 수면에 떠 있는 것을 뜰채로 살짝 걸러내기도 하고 물이 조금 줄었다 싶으면 원래 높이까지 물을 채워놓기도 했다. 수족관을 채운 물은 조금 더 투명하게 빛났지만 며칠이 지나자 점차 흥미가 떨어졌다. 뭔가 부족하다고 생각했다. 뭔가가 살지 않는 수족관은 아무리 물을 채워도 빈 것과 다름이 없었다.

하루에도 수십 번 생각을 고치던 나는 조금씩 마음을 굳혔다. 뭔가를 기르고 보살피는 게 생각보다 품이 많이 드는 일이란 것을 알면서도 그랬다. 이왕에 수족관이 생겼으니 이 기회에 뭐라도 길러볼 작정이었다. 딱히 어려울 건 없었다. 마음은 준비를 마쳤으니 별다른 걱정은 하지 않았다. 사실 한번 마음먹은 일을 더는 망설이고 싶지 않았다.

8

일찍부터 나는 번화가에 있는 애완동물 가게를 찾았다. 허름한 외관 때문인지 겉보기에 마치 장사를 하지 않는 것처럼 보였다. 문을 열고 들어가자 새를 비롯해 토끼나 도마뱀 등 온갖 동물들이 철장에 갇혀 있는 모습이 한눈에 들어왔다.

동시에 살면서 맡아본 적 없는 퀴퀴한 냄새가 코를 찔렀다. 인기척을 들었는지 주인으로 보이는 늙은 여자가 안쪽에서 고개를 내밀었다. 여자는 나를 보고도 별다른 말 없이 철장에 사료를 채우는 데 여념이 없었다.

수족관은 가게 한쪽 구석에 있었다. 몸집이 작은 물고기 수십 마리가 거기 한데 담겨 있었다. 한눈에 보기에도 수족관은 작아 보였고 내가 가진 수족관이 어림잡아도 세 배 정도는 더 클 것이라 생각했다. 잠시 고민을 하던 나는 여자를 불러 한 마리를 담아달라고 말했다. 능숙하게 의자를 딛고 올라간 여자가 뚜껑을 열어 많고 많은 물고기 중 한 마리를 건져 올렸다. 그리고 그것을 수족관 안에 있던 물과 함께 작은 비닐에 담아 나에게 건넸다. 금방이라도 터질 것처럼 볼록하게 부푼 비닐을 나는 조심스럽게 받아 들었다.

손에 들린 비닐이 흔들리지 않도록 최대한 천천히 걸었다. 횡단보도 앞에 멈춰 신호를 기다리는 동안 함께 구매한 사료의 겉면을 유심히 살펴봤다. "열대어 전용"이라는 글씨와 함께 아래 몇 가지 주의 사항이 적혀 있었다. 분명 열대어였다. 수족관 속 그 많던 열대어들 중에 오직 단 한 마리의 열대어만이 내 손에 들려 있었다. 투명한 비닐 안에서 이상하리만치 한껏 일그러져 보이는 열대어를 들고 나는 서둘러 걸음을 옮겼다.

여자가 알려준 대로 나는 열대어를 담겨 있던 물과 함께 그대로 수족관에 풀었다. 비닐을 빠져나간 열대어는 달리 적응할 새도 없이 곧바로 수족관을 이리저리 헤엄쳐 다니기 시작했다. 꼬리를 흔들며 물속을 유유히 돌아다니는 모습을 보고 있자니 가만히 심장이 뛰었다. 가끔 아가미가 열리고 닫힐 때마다 공기 방울이 수면 위로 떠올랐다. 작은 열대어 한 마리를 물속에 풀어뒀을 뿐인데 수면이 잔잔하게 흔들렸다.

열대어를 풀어둔 것을 잊을 정도로 집 안은 고요하기만 했다. 예전과 다를 바 없어 보이는 일상이었지만 왠지 모르게 나는 조금씩 변해갔다. 하루에도 수십 번 열대어가 잘 살아 있는지를 확인하기 위해 수족관을 들여다봤다. 그때마다 열대어는 작은 기척도 없이 물속에서 조용히 살아 숨 쉬고 있었다. 별다른 관심을 주지 않아도 언제나와 같이 살아 있다는 사실에 나는 일말의 안정감을 느꼈다.

깊은 밤이면 열대어가 헤엄치는 소리가 간헐적으로 들려왔다. 나는 창문에 드는 빛에 의지해 열대어의 움직임을 살피다 가끔 사료를 떨어뜨려주곤 했다. 분명 하루에 정해진 양이 있었지만 열대어는 사료를 주는 대로 다 먹어치웠다. 나는 밤마다 수족관 앞에 한참을 그렇게 앉아 있었다. 오지 않는 잠을 억지로 청하지 않아도 된다는 생각에 그저 마음이 놓였다.

열대어는 종종 깊은 생각에 잠긴 듯 물속에 가만히 떠 있었다. 처음에는 손가락 끝으로 수족관 벽면을 두드리기만 해도 놀라 달아나곤 했지만 시간이 흐를수록 수족관을 아무리 두드려도 열대어는 제자리에서 꿈쩍도 하지 않았다. 혹시나 죽었나 싶어 물속에 손을 넣어 살짝 건드리면 열대어는 그제야 화들짝 놀라 멀리 달아났다. 하루에 한 번 열대어가 살아 있는 것을 나는 그렇게 확인했다. 손끝에 닿은 차갑고 미끈한 느낌이 좋지만은 않았지만 물속에서 움직임을 멈춘 열대어가 살아 있는지 확인할 방법은 그것뿐이었다.

열대어는 하루가 다르게 힘을 잃어갔다. 넓은 수족관 안에서 쉬지 않고 꼬리를 흔들던 때와 달리 눈앞에 사료를 몇 알 떨어뜨려주어도 좀처럼 앞을 향해 헤엄쳐 가지 않았다. 광활한 물속에 그저 가만히 떠서 허공을 응시할 뿐이었다. 열대어의 숨이 멎어가고 있다고 느꼈을 때는 이미 원래의 생기를 잃은 지 오래였다.

9

혼자 남겨진 집을 떠나기로 마음먹은 건 그저 우연이었다. 한밤에 잠에서 깬 나는 짐을 정리하며 많은 것을 버리고 또

버렸다. 이미 한 사람의 몫을 넘어선 짐은 아무리 버려도 끝이 없었다. 함께 찍은 사진 속에서 그는 환하게 웃고 있었다. 저 표정을 내가 좋아했었지. 그런 생각이 들자 문득 시간이 너무 오래 지나버린 것을 다시 한번 실감했다.

시간이 지나며 선명해지는,

휴일의 유원지였다. 표를 끊고 들어가자 바로 보이는 정류장에 기차 모양을 한 미니버스가 서 있었다. 일정한 간격을 두고 유원지 입구와 매표소를 순환하는 버스였다. 빈자리에 앉아 그와 함께 사진을 찍다 보니 곧 버스가 출발했다. 한참을 달리는 와중에 맞은편에서 오는 버스가 보였다. 버스 칸마다 가족 단위로 보이는 관광객들로 가득 차 있었다. 그런 풍경과 함께 아이의 손에 쥐여진 풍선이 눈에 띄었다. 얇은 실로 묶인 풍선은 아이의 손에 가까스로 매달린 채 공중에 끌려갔다. 마치 바람에 몸부림치는 듯 보이는 풍선을 버스에 탄 몇몇 아이들이 보며 웃었다.

버스가 서로 가까워졌을 때, 아이가 손에서 놓친 풍선이 하늘 높이 날아갔다. 그 순간 아이가 소리를 지르며 창밖으로 손을 뻗었고, 옆에 있던 부모가 사색이 된 채 창가에 몸을 반쯤 걸친 아이를 버스 안으로 잡아끌었다. 풍선은 이미

저 멀리 날아간 뒤였다. 아무리 손을 뻗어도 잡히지 않는다는 사실을 알아챈 아이가 손을 거두고 멀어져가는 풍선을 바라봤다. 우리가 탄 버스를 지나쳐간 뒤에도 고개를 돌려 한참을 그렇게 바라보기만 했다. 그런 아이의 얼굴이 어째선지 불쑥 떠오르곤 했다. 길을 걷거나 밥을 먹다가도 이상하게 그날의 기억이 떠올랐다. 점차 선명해지는 기억의 풍경 안에서 희미하게 셔터 소리가 겹쳐 들리기도 했다. 언젠가 버려진 짐들 가운데에는 현상되지 않은 필름이 꽤나 많았다.

나는 최대한 희망 없이 멀리 떠나고 싶었다. 무작정 타 지역에 있는 부동산에 전화를 걸었다. 마침 좋은 집이 나왔다는 중개업자의 말을 곧이곧대로 믿은 것은 아니었다. 그저 그렇게 한 번쯤 속아서 걷잡을 수 없을 만큼 삶이 흘러가버리길 바랐다. 그렇게 마음먹고 나서야 나는 동네를 떠나올 수 있었다.

10

늙은 여자는 익숙하게 나를 맞았다. 딱히 인사를 건네거나 말을 걸어온 것은 아니었지만 내가 다시 찾아오리란 것을 알고 있었다는 눈치였다. 여전히 가게 안쪽에 앉아 철장을 열고 닫으며 분주했다. 나는 열대어가 있던 수족관 안을 한참 바라보다 입을 열었다.

여기 있는 거 다 주세요.

여자는 저번처럼 의자를 딛고 올라섰다. 수족관 위에 얹어진 뚜껑을 열자 옅은 물비린내가 났다. 나는 서 있던 자리에서 두어 걸음 물러나 여자가 물고기를 나누어 담는 모습을 지켜봤다. 여자는 능숙하게 둥근 채에 비닐을 끼워 수족관 안으로 집어넣었다. 물속을 두어 번 훑고 지나가자 비닐 안에 꽤 많은 물고기가 물과 함께 흘러들어갔다. 왜소한 체격의 여자는 한동안 의자를 밟고 선 채로 상체를 앞으로 기울이고 있었기에 금방이라도 수족관 안으로 빨려들어갈 것처럼 아슬아슬해 보였다.

커다란 비닐 세 봉지가 꽉 채워지고 나자 수족관은 텅 비었다. 방금까지 수족관을 채우고 있던 물고기들은 모두 둥글게 부푼 비닐봉지 안에 얌전히 담겨 있었다. 수족관 앞에 간략하게 적힌 열대어의 습성을 대충 훑어보는 사이 여자는 마지막 봉지까지 입구를 꽉 묶었다. 입구를 봉해 차례로 바닥에 내려둔 비닐 겉면에 물방울이 맺혀 있었다. 그것을 보자 들고 갈 일이 걱정되었다. 계산하기 전 여자는 텅 빈 수족관 아래 서랍을 열어 포장지에 둘둘 감긴 뭔가를 꺼냈다. 포장을 벗기자 모습을 드러낸 건 인공 수초였다. 아까 본 수족관 안에 있던 것들 중 하나였다. 그걸 건네며 여자는 내게 말했다.

숨을 데가 있어야 한대요.
아무리 투명한 물속이라도.

집으로 돌아가는 길에 나는 처음 수족관을 마주한 날을 떠올렸다. 텅 빈 채로 거실을 차지하고 있는 수족관을 볼 때마다 왠지 못 견디게 불안했다. 누구라도 와서 그것을 치워주길 바랐다. 하지만 이제 나는 날이 갈수록 수족관을 채워가고 있었고 더 이상의 불안은 없었다. 양손에 들린 비닐봉지는 제법 묵직했다. 그 안으로 형형색색의 물고기들이 뒤엉켜 있었다. 혹시라도 봉지가 찢어져 물이 다 새버리거나 물고기가 쏟아져버리지는 않을까 하는 불길한 생각이 자꾸만 들었다. 걸음을 서두르고 싶었지만 그러기에 양손에 들린 비닐봉지는 너무 무거웠다.

수족관 바닥에 여전히 열대어가 멈춰 있었다. 곧 다가올 일을 전혀 알지 못하고 가만히 숨을 죽인 채였다. 바닥에 내려두었던 비닐 하나를 집어 들고 가위로 조심스럽게 한쪽 끝을 잘라내자 벌어진 틈새로 물고기들이 쏟아져 나왔다. 그러자 위험을 감지한 열대어가 꼬리를 흔들며 빠르게 헤엄쳐가기 시작했다. 나는 그 모습을 바라보다 이내 세 봉지를 차례로 비웠다. 그리고 한쪽 구석에 인공 수초를 보기 좋게 세워두었다. 방금까지 한데 뒤엉켜 있던 물고기들은 꽤나 조화롭게 수족관 안을 헤엄쳐나갔다. 수많은 물고기들 사이에서 오직 열대어만이 인공 수초에 몸을 숨기고 있었다.

11

한낮의 수족관은 더없이 평화로웠다. 물고기들은 처음 모습 그대로 우아하게 꼬리를 흔들며 서로를 비켜 앞으로 나아갔다. 정해진 방향이나 규칙 없이 보이지 않는 길을 따라 저마다 헤엄쳐가며 서로 다른 물결을 만들어냈다.

그런 와중에도 열대어는 인공 수초 사이에 몸을 숨겼다. 언제나 그 자리였다. 인공 수초로부터 조금도 멀리 벗어나려 하지 않았다. 언제든 들이닥칠지 모를 위험에 대비하기라도 하는 것처럼 보였다. 어쩌면 자신의 생명이 다해가고 있다는 것을 스스로 인지한 것일지도 몰랐다.

언제부터인지.

열대어는 천천히 숨이 멎어갔다. 매일같이 죽은 듯 깊은 잠이 들었고, 깨어나서도 별다른 움직임이 없었다. 사료를 줘도 먹지 않다가 한참 지나 물속에 떠다니는 찌꺼기를 먹는 것을 보고 나는 열대어가 눈이 멀어가고 있다고 확신했다.

어쩌면 나는 오래전부터 알고 있었다. 내가 더는 그것을 기르고 있지 않다는 것을, 내게는 이제 그것을 길러내려는 마음이 남아 있지 않다는 것을 알았다. 언제부턴가 열대어는 나날이 힘을 잃어갔고 더는 살아날 희망이 없었다. 희박한 희망을 붙잡고 있는 것은 괴로운 일이라는 걸 알아서, 나는 열대어가 완전히 죽기를 기다렸다. 다시 살아나리라는 일말의 희망도 없이 수족관 안에서 완전하게 죽은 열대어를 내 손으로 직접 꺼내고 싶은 마음뿐이었다. 점점 깊어져만 가는 마음을 나는 감당할 수 없었다. 하루에도 수십 번 수족관을 들여다보며 기도했다. 지금의 내가 할 수 있는 거라곤 그 정도의 일뿐이었다.

12

한밤에 열대어의 몸에서 떨어져 나온 투명한 비닐 조각이 수면 위로 가만히 떠올랐다.

얼굴 없는 밤의 초상화

1

구름이 잔뜩 낀 흐린 새벽이었다. 가로등 불빛 아래로 얇고 가느다란 빗줄기가 선명하게 비쳤다. 아파트 화단에 심긴 잔디와 동백나무가 빗물에 차분히 젖어 들어갔다. 화단 앞으로 차들이 일렬로 나란히 주차되어 있었고 온기가 말끔히 가신 차 밑으로 집 없는 고양이가 몰래 숨어들어 비를 피했다. 어둠 속에서 유일하게 할 일은 그것뿐이라는 듯 눈을 밝히며 끝도 없이 울었다.

침대에서 일어난 나는 조심스럽게 안방 문을 닫고 나왔다. 주변의 어둠에 익숙해지기 위해 잠시 소파에 앉아 눈을 감았다. 새벽이라 그런지 거실은 유난히 어둡고 적막했다. 이대로 있다간 다시 잠이 들 것만 같아서 주방으로 가 커피를 한 잔 내렸다. 몽롱한 정신을 붙들고 베란다로 나가자 한층 선명해진 빗소리가 일제히 나를 덮쳤다. 간밤에 창문을 반쯤 열어둔 것을 깜빡하고 일찍 잠자리에 든 것이 화근이었다. 창틀에 고인 빗물 위로 검게 낀 먼지가 떠다녔다. 창문을 닫자 먼지는 금방 제자리를 잃고 빗물과 함께 멀리 밀려났다. 그걸 골똘히 바라보며 나는 하얀 머그잔을 감싸 쥐었다. 손바닥 아래로 넓게 퍼져나가는 온기에 온몸이 나른해졌다. 방금 막 내린 커피에서 피어오르는 향긋한 커피향이 베란다에 갇혀 그윽하게 풍겼다. 평화로운 하루의 시작이었다.

베란다를 막 나서려던 차에 슬그머니 문이 열렸다. 방금까지 안방 침대에 깊게 잠들어 있던 그녀가 거기 서 있었다. 아직 잠에서 덜 깼는지 여전히 졸린 눈을 하고서 내 곁으로 다가왔다. 얇은 슬립을 걸친 그녀에게서 포근한 살냄새가 났다. 눈을 반쯤 감은 채 몸을 기대오는 그녀의 고른 숨결이 내 목덜미에 와 닿았다. 작은 어깨를 살며시 감싸 안자 그녀는 내 귀에 대고 속삭이듯 숨죽여 말했다.

내가 알지 못하는 순간이 또 멀리 흘러가버린 걸까.

2

얼핏 보이는 거실은 엉망이었다. 이중으로 된 커튼을 걷어내니 그제야 대충 윤곽이 보였다. 거실 중앙에 놓인 탁자 위로 빈 과자 봉지며 와인 병이 질서 없이 나뒹굴고 바닥에 깔린 러그 한쪽이 붉게 얼룩져 있었다. 지난밤 함께 영화를 보며 목을 축이다 금세 취기가 올라 기어코 와인을 엎지른 게 떠올랐다. 옆에서 곤히 잠이 들어버린 그녀를 방으로 옮기고 마저 치운다는 것이 그만 나도 깜빡 잠이 들고 말았다. 왠지 절로 한숨이 나왔다. 거실에는 어제의 흔적뿐만 아니라 지난 며칠간의 흔적이 쌓여 있었다. 주말이 돌아올 때마다 우리는 그간 미뤄둔 집안일과 더불어 함께 거실을 치우곤 했지만 어질러지는 건 그보다 더 금방이었다.

내가 회사에 가 있는 동안 그녀는 대부분의 시간을 혼자 집에서 보냈다. 가끔 집에 있는 게 답답하면 아파트 복도에 나가 바깥 구경 정도만 하는 눈치였다. 거기선 단지 내에 있는 놀이터가 바로 보였는데, 퇴근하고 돌아온 내게 그녀는 놀이터에서 흙을 묻히며 노는 아이들이나 그런 아이들을 두고 카페로 몰려가는 여자들에 관한 얘기를 들려주곤 했다.

아이를 둔 여자들은 나를 모르지만

나는 다 알아.

그날을 떠올리며 나는 탁자에 머그잔을 가만히 내려두었다. 커피가 한 모금 정도 남아 있었지만 그걸 마시고 싶은 마음은 없었다. 나는 아침마다 습관처럼 커피를 내려 마시곤 했는데, 이상하게 마시다 보면 항상 그 정도의 양이 남았다. 하물며 그만큼의 양을 더 적게 따른대도 소용없었다. 나는 커피를 좋아했지만 다 식어버린 커피에는 좀처럼 흥미가 없었다. 주방으로 가 뜨거운 커피를 한 잔 더 내려 올까 했지만 이내 그만두었다. 지금은 엉망인 거실을 치우는 게 우선이었다.

탁자에 있는 것들을 모두 치우고 나서 소파에 흩어져 있던 책과 신문을 한데 모아 정리했다. 신문을 제외하고는 대부분 평소에 그녀가 즐겨 보던 잡지였다. 최근 유행하는 여행지나 건강에 관한 상식 등 다채로운 정보가 담겨 있어 젊은 여성들을 비롯한 주부들에게 꽤 오래 입소문을 타고 있었다. 물론 나는 그런 잡지에 별 관심이 없었다. 그녀는 가끔 잡지를 오려 내 서류 가방이나 외투 주머니에 넣어두곤 했다. 평소 내 식습관의 문제점이나 직장인들을 위한 짧은 명언 등 그녀의 생각에 내가 읽어봤으면 하는 내용의 것들이었다. 언젠가 그녀가 가고 싶어 하던 해외 여행지 코스가 소개되어 있기도 했다. 처음엔 몇 번 읽어보다가 나중에는 그것마저 귀찮아서 발견하는 족족 회사 서랍에 차곡차곡 쌓아둔 지 오래였다. 거실에는 그런 잡지가 최신 호에서부터 발간된 지 2년이 지난 호까지 순서를 막론하고 뒤섞여 있었다. 잡지를 모아 순서에 맞게 정리하면서 군데군데 빈 페이지가 꽤나 많이 보였기에 나는 아직 가방 안에 내가 발견하지 못한 페이지가 더 있을지도 모른다고 생각했다.

한동안 서재를 드나들며 책장을 정리하는데 문득 창가에 놓인 화분이 보였다. 언제 물을 준 건지 흙의 표면이 바짝 말라 있었다. 손으로 건드리면 금방이라도 떨어질 것처럼 이파리가 시들했다. 화분에 물을 주는 건 내가 아닌 그녀의 일이었으니 분명 그녀가 잊지 않고 물을 줄 거라고 애써 그렇게 생각하며 서재를 나왔다. 새로 내린 커피를 들고 거실로 가자 방금까지만 해도 잡지를 들춰 보고 있던 그녀가 그새 소파에 누워 잠이 들어 있었다. 요새 날이 갈수록 그녀는 부쩍 잠이 늘어갔다. 특히 하늘이 흐리거나 비가 내리는 날이면 쏟아지는 잠을 더욱 이겨내지 못했다. 다른 일을 하다가도 금방 잠에 빠져들기도 했는데 깨어나면 한동안 절망 가득한 얼굴을 하고서 내게 말했다.

내 잠은 꿈이 없는데도
깨어나면 정말 뭔가를 잃어버린 것 같아.

하루는 퇴근하고 돌아온 집이 밤처럼 어두웠다. 온 집 안의 불을 꺼두어서 마치 빈집에 들어선 듯 서늘한 냉기가 감돌았다. 그녀는 거실에 홀로 멍하니 앉아 허공을 응시했다. 제멋대로 든 잠에서 깨어날 때마다 그녀는 원인 모를 상실감에 빠져 헤어나지 못했다. 모종의 불길한 일들이 자신에게 일어나고 있음을 직감하고서 밀려드는 불안과 우울로 인해 한동안 불면증을 앓기도 했다. 새벽에 침대에 우두커니 앉아 있는 그녀를 나로서는 어찌할 도리가 없었다.

방에서 이불을 꺼내와 그녀의 몸 위로 덮었다. 작은 몸집이 이불에 폭 가렸다. 방금 걷어냈던 커튼을 도로 치자 그나마 보이던 얼굴마저 어둠에 가려졌다. 혹여나 그녀가 잠에서 깰까 봐 소파 밑에 조심스럽게 앉았다. 등 뒤에서 넘어오는 숨소리를 들으며 나는 눈을 감았다. 탁자에 놓인 커피가 동일한 방식으로 식어가는 중이었다.

3

아침을 먹기 위해 우리는 식사 준비를 했다. 식빵을 꺼내 일정한 두께로 자르고 바구니에 담긴 과일을 신중하게 골랐다. 흠집이 났거나 상하기 시작한 것부터 빨리 먹어치워야 했기에 우리는 언제나 온전하고 싱싱한 과일을 먹지 못했다. 모처럼 과일을 새로 사 온 날에도 꼭 한두 개씩 상해 있기 마련이었다. 바구니에 옮겨 담으면 약속이라도 한 듯 살을 맞대고 부지런히 썩어갔다. 매번 그런 식이었기에 우리는 딱히 불만을 갖지도, 원망을 하지도 않았다. 그저 정해진 숙명처럼 여기고 받아들일 뿐이었다.

골라낸 과일을 깎는 동안 한쪽에선 토스트기에 넣어둔 식빵 두 장이 낮게 튀어 올랐다. 잘 구워진 식빵에 잼과 치즈를 얹어 접시에 보기 좋게 담았다. 마실 것을 내기 위해 냉장고를 열자 단출한 내부가 한눈에 보였다. 주스가 담겨 있던 유리병을 꺼내 들었지만 이미 다 마신 빈 병이었다. 혹시나 하는 마음에 나는 유리병을 원래대로 넣어둔 뒤 도로 냉장고 문을 닫았다.

우리는 식탁에 마주 보고 앉아 조용히 아침을 먹었다. 티백으로 우려낸 홍차를 마시고 접시에 담긴 빵과 과일을 손으로 집어 베어 먹었다. 흠집이 난 부분을 아래로 가게 두어서인지 과일은 썩 멀쩡해 보였다. 반쯤 베어 먹고 내려놓으면 드물게 멍든 부분이 보이기도 했지만. 접시를 말끔히 비우고 끈적해진 손을 물티슈에 닦아내자 먼저 식사를 마친 그녀가 차분하게 입을 열었다.

있잖아, 비 오는 날. 아이들은 꼭 자기 몸보다 훨씬 더 커다란 우산을 쓰고 가.

내가 앉아 있는 방향으로 거실에 창밖이 보였다. 하늘은 흐렸고 여전히 비가 내렸다. 투명한 빗줄기가 눈에 보일 듯 보이지 않았다. 때때로 유리창에 맺힌 빗물이 몸을 겹치며 아래로 흘러내렸다. 집 안에 창문을 모두 닫아놓아서 빗소리는 들리지 않았다. 소리가 멎은 풍경이 유리창 너머로 지속되고 있었다. 그래서인지 나는 마치 우리가 어떤 위험으로부터 안전한 것 같은 기분이 들었다. 그녀는 창문을 등지고 있었기에 바깥을 볼 수 없었다.

식탁에 내어진 접시를 치우는 동안에 커피는 식어갔다. 하얀 머그잔에 담긴 커피가 식으며 안쪽 표면을 넓게 물들였고 타고 남은 재처럼 까만 커피 가루가 바닥에 낮게 깔렸다. 어디선가 들려오는 초침 소리와 함께 시간은 속절없이 흘렀다. 거짓말처럼 그렇게 비가 그쳐갔다.

4

구름이 걷히자 서서히 해가 들었다. 점심이 지나 우리는 집을 나설 채비를 했다. 보온병에 커피를 담고 창문이 잘 닫혔는지 한 번 더 확인했다. 혹시 몰라 우산을 챙기는 것도 잊지 않았다. 외출복을 차려입은 그녀가 밤색 카디건을 옷장에서 꺼내 들고 나왔다. 오래되어서 보풀이 많이 일고 주름이 잔뜩 져 있었지만 세탁소에 맡기는 법이 없었다. 딱히 들고 나가 몸에 걸치지도 않으면서 외출할 때마다 매번 카디건을 잊지 않고 챙겼다. 온종일 들고 다니는 게 번거로울 텐데도 가방에 넣어주겠다는 걸 한사코 거절했다.

현관문을 열자 긴 복도가 눈에 들어왔다. 우리가 사는 집은 복도 가장 끝에 있었기에 승강기를 타기 위해선 매번 기나긴 복도를 지나야 했다. 처음 이사를 왔을 땐 남의 집 현관문 앞을 지나다 갑자기 문이 확 열리지는 않을까 괜히 마음을 졸이곤 했다. 문 앞을 지날 때면 긴장이 되어 나도 모르게 걸음을 재촉하기도 했는데, 그런 생각이 무색하게 불쑥 문이 열리는 일은 없었다. 더군다나 이웃을 마주치는 일도 드물었다. 그러니 가끔 그녀가 복도에 나와 있더라도 안심이었다.

계절이 바뀌는지
바람 한 점 불지 않던 날.

평소처럼 퇴근을 하고 지친 걸음으로 긴 복도를 걸었다.

복도의 센서등이 하나씩 켜지며 집 앞에 다다르자 난간 위에 익숙한 머그잔이 보였다. 언젠가 접시를 사러 시내에 갔다가 그녀와 함께 골라온 것이었다. 오묘한 연옥색이 입혀져 있어 나는 한눈에 머그잔을 알아봤다. 센서등 불빛이 잔잔한 수면 위를 고르게 비췄다. 한 모금도 마시지 않았는지 머그잔에 물이 그대로 있었다.

여기 놓고 잊은 거겠지. 어쩌면 다신 찾지 않으려고.

내가 어떤 표정을 지었는지는 알 수 없지만 그걸 들고 집에 들어간 순간 그녀는 머그잔을 보고도 아무렇지 않았다. 마치 자신은 전혀 모르는 일이라는 듯 매우 평온해 보였다. 그로부터 많은 시간이 흘렀다. 나는 가끔 난간 밖으로 고개를 내밀어 화단에 떨어진 게 없나 확인해보곤 했다. 복도를 걸을 때마다 이제는 순전히 다른 이유로 마음을 졸였다.

5

오늘따라 복도가 유난히 길게 느껴졌다. 나와 그녀는 조용히 복도를 걸어 승강기 앞에 섰다. 곧이어 승강기 문이 반쪽으로 갈라져 열리고 백발의 노인과 그의 아내가 보였다. 노인은 체크무늬 베레모를 쓰고 각이 잡힌 셔츠 단추를 끝까지 채워 꽤나 멀끔해 보였다. 한눈에 보기에도 지극한 정성이 느껴지는 차림이었다. 그들은 우리가 탈 수 있게 한 걸음 물러서 주었다. 슬쩍 눈인사를 건넸지만 노인의 시선은 바닥에만 머물러 있었다.

일층에서 승강기가 멈추고 안내음과 함께 문이 열렸다. 노부부는 기다렸다는 듯이 우리를 앞질러 승강기를 빠져나갔다. 노인은 한 손에 지팡이를 짚고 다른 한 손으로 아내의 손을 꼭 붙든 채로 신중하게 걸음을 내디뎠다. 몹시 더딘 걸음과 굳어진 시선만으로 나는 노인의 두 눈이 멀어가고 있단 사실을 알 수 있었다. 노인은 잘 다려진 셔츠를 입고 있었지만 굽은 등은 숨길 수 없었다. 아파트를 가까스로 벗어난 노부부를 따스한 햇살이 포근하게 감쌌다. 노인이 하늘을 향해 슬그머니 고개를 들자 그의 얼굴이 허공에 떠올랐다.

빛으로부터 한층 창백해지는 얼굴.

한 발 앞서가던 그의 아내가 천천히 고개를 돌렸다. 햇살을 등지게 되어서 얼굴에는 희미하게 그늘이 졌다. 얼마 지나지 않아 노인이 걸음을 옮겼고 그들은 아파트 정문을 향해 멀어져갔다. 우리는 여전히 아파트 입구에 멈춰 서 있었고 눈치채지 못한 사이에 햇살이 한 걸음 앞까지 바짝 다가와 있었다.

6

도로는 유난히 한산했다. 도시의 중심부로 곧장 이어지는 길이었기에 평일마다 출퇴근을 하려는 차들로 도로는 꽉 막혔다. 차들이 유입되는 길목에서 크고 작은 사고가 나기도 했다. 오늘 같은 주말에는 언제 그랬냐는 듯 도로는 비교적 평화로웠다. 우리는 주말마다 차를 끌고 나왔다. 도시를 벗어나면 거기엔 그녀가 예전에 살던 동네가 있었다. 내가 고향을 떠나 홀로 독립해 살던 곳이기도 했다. 우리는 그 동네에서 만났기에 처음은 모두 거기 있었다.

도로를 한참 달리는데 문득 전방에 트럭이 보였다. 육중한 바퀴가 빠르게 굴러가면서 모래 먼지가 뿌옇게 일었다. 허공에 제멋대로 휘날리다가 바람과 함께 금방 풀어졌지만 트럭과의 거리가 점차 좁혀질수록 희미하게 흙냄새가 났다. 창문을 닫자 차 안을 가득 메우던 바람 소리가 뚝 끊겼다. 차 안은 이루 말할 수 없을 만큼 고요했다.

연아, 기억나? 여기 깨진 유리가 널려 있던 날.

그 작은 조각들을 밟고 갈 수 없어서 돌아가야 했잖아.

그날을 떠올리며 나는 속도를 줄였다. 불과 며칠 전이었다. 화창한 주말이었고 우리는 어김없이 집을 나섰다. 도로는 몹시 평화로웠고 다른 차들과 나란히 함께 달리며 모처럼 여유를 만끽했다. 얼마 후 앞서가던 트럭에 실린 대형 유리가 중심을 잃고 홀로 쓰러졌다. 유리에 반사된 햇빛이 내 시야를 선명하게 훑고 지나갔다. 눈을 감았다 뜨자 시야에 형체가 부서진 잔상이 떠올랐다. 유리는 다행히 차를 비껴가 도로 위로 떨어져 산산조각 났다. 마땅히 손쓸 새도 없이 순식간에 일어난 일이었다. 트럭으로부터 바로 몇 미터 뒤에서 우리가 그걸 지켜봤다. 트럭 운전수는 난처한 표정으로 어딘가로 자꾸만 전화를 걸었고 차에서 내린 운전자들은 그걸 다 치우기 전까진 도로를 빠져나갈 수 없을 거라고, 깨진 유리 조각이 바퀴에 박혀 얼마 못 가 더 큰 사고가 날 거라고 입을 모았다. 우리는 하는 수 없이 그들을 따라 왔던 길을 되돌아갔다.

집으로 가는 동안 우리는 아무 말도 나누지 않았다. 그녀는 고개를 옆으로 돌린 채 창밖을 하염없이 바라봤다. 얼굴이 보이지 않아서 어떤 표정을 짓고 있는지 알 수 없었다. 가끔 그날을 떠올리면 기어코 마음 한구석이 아려왔다. 형체를 알 수 없는 어떤 위험이 우리에게 한발 앞으로 다가와 있는 듯한 기분이 들어서였다. 차 앞 유리에는 깨진 유리 파편이 날아와 박힌 상처가 여전히 남아 있었다.

7

도로는 점차 좁아졌다. 갓길 너머로 관리가 되지 않은 나무들이 가지를 맘껏 뻗어댔다. 가지에 매달린 작고 여린 나뭇잎이 사이드미러에 자꾸만 부딪혔다. 창문을 살짝 내리자 짙은 풀내음이 밀려들어왔다. 비가 내린 뒤라 그런지 오늘따라 더욱 싱그럽게 느껴졌다. 구름이 완전히 걷혀 청명한 하늘이 한 겹 유리 너머로 선명하게 보였다.

작은 주택들이 모여 있는 동네에 들어서자 허름한 간판을 매단 가게들이 보였다. 뒤로 보이는 언덕을 따라 오르면 제법 큰 사립학교가 있었고 그 밑으로 온갖 종류의 학원이 즐비해 있었다. 예전에 그녀가 일하던 화실도 거기 있었다. 간판이 무척이나 작아 화실이 있는 걸 모르는 사람들이 대부분이었다. 나 역시 화실이 지하에 있다는 것만 알았지 한 번도 들어가본 적이 없었다. 그저 약속한 시간에 맞춰 화실 앞에서 그녀를 기다릴 뿐이었다. 가끔 화실을 일찍 마치는 날이면 함께 밤길을 걸어 극장에 갔다. 영화를 보고 나와 불 켜진 가로등 밑에서 담소를 나누곤 했다. 대부분 내가 말을 하고 그녀가 듣는 쪽이었지만 아주 드물게 그녀가 말을 하기도 했는데, 그건 주로 화실에서 있었던 일화였다.

나는 살면서 단 한 번도 나를 그린 적이 없는데
화실 아이들이 내 초상화를 그려주었어.
너도 알겠지만 그건 정말 근사한 거야.

그렇게 말하는 그녀의 얼굴에 수줍은 미소가 떠올랐다. 매일같이 화실에 나가 아이들의 그림을 봐주는 그녀의 일상이 더없이 좋아 보였다. 하지만 그런 시절은 그리 길지 않았다. 하필이면 지하에 원인 모를 화재가 났고 그 안의 것들을 모조리 다 태운 뒤에야 불이 꺼졌다. 당시에 화실 안에 있던 것들은 모두 검고 검은 재가 되어 지상으로 나왔다. 다행인지 불행인지 그날은 그녀가 화실에 나가지 않은 날이었다. 뒤늦게 소식을 들은 그녀가 화실을 찾아갔을 땐 이미 불이 꺼진 뒤였고, 지하로 내려가는 계단 입구까지 검게 타 그 안으론 아무도 들어갈 수 없었다. 나는 한 번도 본 적 없는 그녀의 초상화가 모두 불에 타 없어졌고 그걸 그려준 아이들 또한 이제 더는 화실에 없었다.

시간이 흘러 그녀는 화실에 나가지 않았고 더는 그림을 그리지도 않았으며 수줍게 미소를 지어 보이지도 않았다. 화실에 대한 얘기를 꺼내기라도 하면 아무런 할 말이 남아 있지 않다는 듯 입을 굳게 닫았다. 화실 근처를 지날 때도 이제 자신과는 전혀 상관이 없는 것처럼 눈길조차 주지 않았다. 그렇게 한 시절의 기억을 점차 말끔하게 잊어갔다. 언제 어떤 방식으로 잊은 건지는 알 수 없었지만 그걸 알아차린 뒤에는 이미 늦어버린 것만은 분명했다.

8

적당한 골목길에 차를 주차했다. 차에서 짐을 챙겨 내리고 보니 온갖 낙서와 함께 "주차 금지"라고 적힌 글씨가 담벼락에 희미하게 남아 있었다. 담벼락을 따라 칠이 다 벗겨진 초록 대문과 녹슨 우편함이 보였고 그 너머로 작은 마당을 낀 집이 위태롭게 서 있었다. 한눈에 봐도 분명 사람이 살지 않을 것처럼 보였다. 나는 안심하고 그녀와 골목길을 나섰다. 얼마 지나지 않아 한 어린 남매가 손을 잡고 골목길로 뛰어 들어왔다. 우리 사이를 가로질러 멀리 달려가는 소리가 등 뒤로 들렸다. 문득 이상한 기분이 들어 뒤를 돌아보자 남매는 온데간데없고 바람이 부는지 멀리 보이는 초록 대문이 슬그머니 열리고 닫혔다.

신호등이 없는 횡단보도를 건너자 오래된 공원이 보였다.

동네에 살던 시절부터 자주 가던 공원이었다. 지대가 꽤 넓어 정문 말고도 입구가 여러 개 더 있었다. 무작정 발을 들였다간 정처 없이 길을 헤매기 십상이었다. 공원 정문의 표지판에 지도가 그려져 있었지만 이미 알아볼 수 없을 정도로 훼손되어 있었다. 길을 잃지 않기 위해선 언제나 익숙한 길로만 다녀야 했다. 우리는 그걸 알면서도 낯선 길에 들어 길을 잃어버리고는 했다.

정문을 지나 공원 안으로 쭉 걸어 들어가자 시계탑과 작은 분수대가 보였다. 분수대 중앙에는 머리에 물동이를 인 나체의 여인 동상이 있었는데 분수가 작동되면 아름다운 빛깔의 조명과 함께 물줄기가 쏟아져 내렸다. 몇 년 전까지만 해도 주말이면 그 앞에서 열리는 연주회나 인형극을 보러 사람들이 몰려왔다. 특히 무더운 여름밤에는 늦은 시간까지 분수대 곁을 떠나지 않았다. 하지만 이제는 분수대가 작동하지 않은 지 오래였다. 날짜가 훨씬 지난 포스터가 반쯤 찢겨져 나간 채 시계탑 기둥에 붙어 있었다. 거기 자주 새가 앉았다 가곤 했으므로 그나마 남은 포스터도 새의 오물이 잔뜩 묻어 지저분했다. 행여나 거길 지나가더라도 포스터를 유심히 보는 사람은 없었다.

우리는 분수대를 지나 드넓게 펼쳐진 잔디밭을 가로질렀다. 산책을 나온 사람들이 돗자리를 깔고 앉아 한적한 시간을 보내고 있었다. 그들은 함께 있었지만 각자 낮잠을 자거나 노래를 들으며 혼자만의 평화를 만끽했다. 그래서인지 잔디밭은 무척 조용했다. 우리는 한참을 더 걸어 들어가 돗자리를 폈다.

집에서 챙겨온 커피를 잔에 따르고 책을 꺼냈다. 평소 책을 느리게 읽는 그녀의 속도에 맞춰 우리는 함께 책을 읽었다. 책장이 팔랑이며 넘어갈 때마다 근처에서 풀벌레가 악을 쓰고 울었다. 눈에 보이진 않았지만 귀를 날카롭게 파고 들어오는 탓에 머리가 아플 지경이었다. 책장이 더는 넘어가지 않아서 나는 고개를 들어 그녀를 바라봤다. 그녀는 밤색 카디건을 다리에 덮고서 울창한 나무 사이를 빤히 응시했다. 시선 끝에는 유모차를 끌고 나온 젊은 부부가 있었다. 그들을 별다른 대화도 나누지 않고 평온한 얼굴로 서로의 입에 빵을 떼어 넣어주었다. 목이 막힐 법도 한데 끝없이 빵을 입에 넣고 씹어 삼켰다. 그들 옆으로 유모차 덮개가 완전히 젖혀져 있어 안이 훤히 들여다보였다. 아주 작은 아기가 눈을 이리저리 굴려가며 팔다리를 허공에 부지런히 저었다. 입을 방긋 벌리며 옹알이를 하다가 이내 울음을 터뜨렸다. 그런 아기를 유심히 바라보던 그녀가 슬픈 얼굴을 하고서 말했다.

땅 위로 지금 열차가 지나가.

9

우리는 낡은 철로를 사이에 두고 살았다. 열차가 철로를 지날 때마다 미세하게 땅이 울렸다. 동네에 살던 시절까지만 해도 아주 작은 진동이 우리에게는 일상이었다. 카페에 마주 보고 앉아 있거나 옥상에 나란히 누워 있다가도 진동이 느껴졌다. 그녀는 그럴 때마다 내게 지금 열차가 지나가고 있다고 일러주곤 했다. 그녀에 비해 비교적 둔했던 나는 처음엔 그녀와 함께 있을 때나 그 사실을 알아차리다가 나중에는 혼자 은연중에 진동을 느끼고서 열차가 지나간다고 작게 읊조려보곤 했다. 열차는 언제나 정해진 시간에 철로를 지났으므로 잊고 지내다가도 문득 나의 일상을 고요히 흔들었다. 방에 홀로 엎드려 있다가 진동이 느껴질 때면 자연스레 그녀가 떠올랐다.

연아, 네 말대로 지금 열차가 지나가.

언젠가 기약 없이 했던 약속처럼 우리는 열차를 타러 갔다. 열차를 타는 건 처음이었으므로 모든 게 새롭고 설레기만 했다. 일찍 도착해 대합실에 앉아 있던 그녀가 멀리서 내게 손을 흔들었다. 하루도 쉬는 날 없이 매일 화실에 나가던 그녀가 여행을 위해 큰맘 먹고 휴가를 낸 날이었다. 밝은 얼굴이었지만 화실에 남겨져 있을 아이들이 아무래도 마음에 쓰이는 듯했다. 열차에 오르기 전 공중전화 부스를 찾아 전화를 걸었지만 화실 아이들 중 그 누구도 받지 않았다.

열차가 출발하려면 시간이 꽤 남아 있었지만 우리는 미리 열차에 올라 예매한 좌석을 찾기로 했다. 숫자와 알파벳이 조합된 좌석 번호를 찾는 일은 생각보다 쉽지 않았다. 간신히 좌석을 찾아 짐을 올리자 기다렸다는 듯이 열차 내 안내 방송이 흘러나왔다. 출발 시각이 가까워져오자 열차 칸 안으로 사람들이 끊임없이 밀려들어왔다. 이 많은 사람들이 다 좌석에 앉을 수 있을까 잠시 걱정이 되었지만 얼마 지나지 않아 모두가 능숙하게 자신의 자리를 찾아 앉았다. 그날따라 열차는 모두 만석이었고 나는 새삼 내가 모르는 순간에도 많은 이들이 열차를 타고 멀리 떠나고 있단 사실을 실감했다. 꽃 피는 봄날이었다.

갑자기 칸 안으로 뛰어 들어온 군인이 주위를 둘러보다 반대편 문을 열고 옆 칸으로 유유히 사라져갔다. 마침 열차가 움직이기 시작했고 머지않아 나는 뭔가 잘못되었다고 생각했다. 피부로 고스란히 느껴지는 진동. 그것은 우리가 열차 밖에서 느끼던 것과는 전혀 달랐다. 바닥에 두 발을 붙이고 앉아 있는 동안에도 열차와 함께 끊임없이 몸이 흔들렸다. 그것은 여태 우리의 일상을 흔들던 것과는 너무나도 달랐기에 밀려드는 실망감을 감출 수 없었다.

우리가 처음 열차를 타던 날,
그날 나는 나도 모르는 뭔가를 잃어버리고 만 거야.

그날을 회상하며 그녀는 그렇게 말하곤 했다. 당시의 나는 그 말의 의미를 알지 못했다. 그로부터 멀리 지나와서야 나는 그게 일종의 징조가 아니었을까 곰곰이 생각해보곤 했다. 지금의 도시로 떠나오고 나서부터 이 동네의 기억을 점차 지워갔으니까. 자신도 모르게 잠이 들 때면 그녀는 의식의 바깥에 자신의 기억을 놓아둔 채로 잠에서 깨어났다. 나는 그걸 알면서도 그녀의 잠을 더욱 견고하게 했다. 우리가 살면서 그동안에 겪은 일들이 때론 삶을 버겁게 만들기도 하니까. 앞으로 더 살아가기 위해 과거의 기억 정도는 조금 덜어내도 괜찮을 거라 믿었다. 내가 해줄 수 있는 일이라곤 잠든 그녀에게 이불을 덮어주는 것이 전부였다. 화실에 대한 기억을 시작으로 그녀는 크고 작은 기억들을 그렇게 하나씩 잊어갔다. 최근에 들어서는 얼마 전에 있었던 일도 까맣게 잊어버리고는 했다. 그럴 때면 기억의 끝에는 다름 아닌 내가 있다는 사실을 나는 잊을 수 없었다.

우리는 그 이후로 열차를 타지 않았다. 정확하게는 열차를 탈 수 없게 되었다. 그로부터 얼마 지나지 않아 낡은 철로와 역은 영구적으로 폐쇄되었고 조금 더 멀리 떨어진 거리에 새로운 역과 철로가 깔렸다. 우리는 예전의 그것을 다시는 느낄 수가 없었다.

10

저녁이 되자 주위가 적막해졌다. 시끄럽게 울던 풀벌레 소리가 그치고 젊은 부부도 아기를 데리고 잔디밭을 떠났다. 해가 저물기 전에 우리도 슬슬 일어나야 했다. 얼마 읽지 못한 책을 덮고 돗자리를 원래대로 접어 가방에 넣었다. 차갑게 식은 커피에 벌레가 빠져 죽어 있었지만 건져낼 수가 없어 근처에 있는 나무 아래 넓게 뿌렸다. 제대로 된 길이 없는 잔디밭을 가까스로 빠져나오자 사람들이 보였다. 그들은 집으로 돌아가기 위해 우리를 지나쳐 정문을 향해 갔다. 산책을 하다 지친 개가 주인의 품에 안겨 가기도 했다. 그런 개들은 하나같이 낯선 사람을 보고도 짖지 않았다.

하늘은 노을로 붉게 물들어갔다. 가로등이 일제히 켜지고 주위가 점차 환해졌다. 길게 늘어선 나무 위로 작게 솟아나 있는 전망대가 보였다. 공원의 정중앙이었다. 거긴 일대가 한눈에 보이는 전망대가 있었다. 우리는 매번 공원에 올 때마다 전망대에 올랐다. 사실 전망대에 가기 위해 공원에 오는 날도 있었다. 탁 트인 전망을 바라보고 있으면 어쩐지 모든 게 다 괜찮아지는 기분이 들었다.

전망대 주변은 인적이 드물었다. 입구에서 꽤 많이 걸어 들어와야 했기에 전망대까지 오지 못하고 돌아가는 경우가 대다수였다. 더군다나 전망대는 덩굴로 뒤덮여 있어 어딘가 음산한 기운을 풍겼다. 언뜻 보기에는 죽어가는 이파리들로 보였지만 모두 살아서 악착같이 벽에 붙어 자라났다. 이미 있던 덩굴줄기를 또 다른 줄기가 감아 오르며 빈틈없이 외벽을 감쌌다. 전망대는 원래의 모습을 잃은 지 오래였다. 덩굴을 모두 걷어내더라도 햇빛이 들지 않아 온통 부식되어 있을 게 분명했다.

우리는 전망대 입구로 걸어 들어갔다. 숨을 들이마시자 습기를 머금은 차가운 공기가 몸속 깊이 들어찼다. 비가 내려서인지 오래 묵은 곰팡내가 오늘따라 유독 짙게 풍겼다. 바닥에 넓게 고인 빗물 위를 조심스럽게 걸었다. 중앙의 기둥을 중심으로 나선형의 철제 계단이 빙 둘러져 있었다. 통로가 너무나 좁아 계단을 나란히 오를 수도, 앞서간 사람을 추월할 수도 없었다. 오로지 한 명씩 차례대로 줄지어 가야만 했다. 내가 먼저 계단을 오르자 그녀가 바짝 나를 따라왔다. 잠깐 멈춰 서거나 뒤를 돌아볼 새도 없이 나는 계단을 오르는 일에만 열중했다. 쇠로 된 손잡이는 녹이 잔뜩 슬어 있었기에 서로의 손을 꼭 붙들고 앞으로 나아갔다. 발을 디딜 때마다 철제 계단의 벌어진 균열에서 비명을 내지르는 듯한 소리가 들려왔다. 높이 올라갈수록 가빠지는 숨소리가 비좁은 통로를 가득 메웠다.

멀리 보이는 희미한 빛.

거긴 분명 계단의 끝이었다. 나는 그제야 손을 놓고 뒤를 돌아보았다. 내 그림자가 그녀의 얼굴을 반쯤 가린 채 떠올라 있었다. 한 걸음 뒤로 물러나자 비로소 얼굴이 온전하게 다 보였다. 길게 늘어뜨린 머리칼이 어깨 너머로 하염없이 날렸다. 언제나 그랬듯이 기분 좋은 바람이 불어오고 있었다.

11

전망대는 지붕 없이 사방이 탁 트여 있었다. 난간 위로 덩굴이 보이긴 했지만 허름한 외관은 금방 잊혔다. 전망대 위에서 내려다보는 풍경은 이루 말할 수 없이 아름다웠다. 공원을 넘어 멀리 보이는 동네에 환한 불빛이 선명하게 떠올랐다. 밤의 시작을 알리기라도 하듯 불빛의 수가 점차 늘어갔다. 하나의 불빛이 켜지고 머지않아 가까이에서 또 다른 불빛이 켜졌다. 그런 순간은 좀처럼 눈을 뗄 수가 없었기에 우리는 난간 앞에 서서 떠오르는 불빛들을 하염없이 바라보았다.

우리는 뒤편에 있는 벤치에 앉았다. 각각의 벤치 앞에는 망원경이 놓여 있었다. 동전을 넣으면 일정 시간 동안 전망을 확대해서 볼 수 있게끔 되어 있었다. 한차례 비가 내린 직후의 밤하늘은 구름 한 점 없이 맑았다. 무수히 많은 별들이 저마다의 자리에서 밝게 빛났다. 도시와 그다지 멀리 떨어져 있는 것도 아니었지만 베란다에서 볼 때와 달리 작은 별들까지 잘 보였다. 나는 망원경에 눈을 가까이 대고 밤하늘을 바라봤다. 그렇게 한참을 보고 있는 와중에 그녀가 내 어깨에 슬며시 기대왔다. 순간 렌즈에 담긴 별 하나가 무척이나 밝게 빛났다. 내가 지금 보는 빛이 분명 먼 과거의 것이라는 걸 나는 잘 알고 있었지만 눈을 뗄 수가 없었다. 여전히 렌즈에 눈을 댄 채로 나는 작게 속삭였다.

연아, 마음을 다하지 않아도
평생에 걸쳐 기억하게 되는 순간이 있대.

언젠가 잡지에서 보았던 것을 나는 기억했다. 한동안 시간이 멈춘 것만 같은 침묵이 길게 이어졌다. 나는 말없이 렌즈 안에 펼쳐진 밤하늘에만 집중했다. 어깨에 기대 있던 그녀의 고개가 슬며시 아래로 기울어졌고 그제야 나는 망원경에서 눈을 떼고 그녀를 바라봤다. 그녀는 두 눈을 감고 몹시도 평온한 얼굴로 잠이 들어 있었다. 살짝 벌어진 입술 사이로 숨을 들이마시고 내쉴 때마다 몸이 작게 오르내렸다. 잠든 얼굴을 가만히 바라보고 있을 때면 왠지 모르게 그녀가 낯설게 느껴졌다. 지금 이 순간을 기억하지 못할 거란 걸 알고 있었으니까. 시간이 지날수록 나와의 기억에서 벗어나 내가 전혀 모르는 세계로 조금씩 가까워져갔다. 어쩌면 나를 기억에서 지운 그녀가 잠에서 깨어날지도 몰랐다. 언젠가 분명 그런 순간이 올 거였다. 잠든 그녀의 곁에서 내가 할 수 있는 일이라곤 그녀가 나를 잊고서 깨어났을 때 건넬 유일한 말을 고르는 것뿐이었다.

차가운 바람이 우리의 곁을 스치고 지나갔다. 나는 밤색 카디건을 그녀의 어깨에 조심스럽게 둘러주었다. 그러는 동안 멀리 보이는 동네의 불빛이 하나둘 꺼져갔다. 길고 긴 잠에서 그녀가 깨어나기를 나는 아주 오래 기다렸다.

한 겹의 어둠이 더

해가 저문다. 소리가 사라지고 바람이 멎는다. 온갖 종류의 먼지가 차분하게 내려앉고 어제와 같은 자리에 운반되어 쌓인다. 그렇게 땅은 좀더 단단하고 견고해지며 일련의 성장이 진행되어간다. 누구에게나 그런 시간이다. 밤은 매일 몇 겹으로 된 어둠을 몰고 온다. 늘 홑겹의 악몽을 동반하고 그것은 때에 따라 불면이 된다. 그래서 어떤 밤은 길고 깊다. 산으로 둘러싸인 마을이다. 어떤 빛도 산을 넘어오지 못해서 마을은 온전하게 고립되어 있다. 마을을 밝히던 빛이 한 겹씩 덮이고 유일하게 남아 있던 빛마저 어둠이 된다. 마침내 밤이 시작되고 있다.

마을의 일곱번째 집은 어둡고 적막하다. 사방에 크고 작은 사물들만이 얌전히 놓여 있다. 모두 각자의 자리에서 대략의 윤곽으로만 존재한다. 빛과 소리가 어디에도 없기에 아득해져가고 있다. 다만 천장에서부터 길게 뻗어 내려온 고리가 좌우로 끊임없이 흔들린다. 형광등을 켜고 끌 수 있게 줄로 연결된 고리를 방금 누군가 당겨 방 안의 불을 껐다. 고리가 채 멈추기도 전에 검게 솟아 있던 상체가 쓰러지고 자취를 감춘다.

어둠이 내린 방에는 두 채의 이부자리가 놓여 있다. 서로 한 뼘 정도의 거리를 두고 있으며 그 간격은 여태 좁혀지거나 넓혀진 적이 없다. 이부자리를 갠 적이 없기에 언제나 같은 자리에 깔려 있을 뿐이다. 그 위로 각각 두 명의 사람이 정자세로 누워 있다. 그들의 상반신은 모두 이불로 가려져 있고 보이는 거라곤 두 쌍의 다리가 전부다. 이불 밑으로 뻗어 나온 다리가 가지런히 모아져 있다. 발끝은 살짝 벌어져 편안해 보인다. 그들은 조금도 뒤척이지 않고 가만히 누워 깊이 잠들어간다. 몸 위로 덮인 이불이 작게 오르내리고 어느덧 허공에 흔들리던 고리가 멈춰 선다. 모든 게 멈춰버린 집 안에 나약한 초침 소리만 꾸준하게 들려온다. 소리의 간격이 조금도 흐트러지지 않고 지속되고 있다.

어떤 기척도 없이 여자가 일어난다. 새하얀 이불을 뒤집어

쓰고 여자는 방 한구석에 작게 솟아난다. 상반신을 다 가린 이불 아래로 두 다리가 여전히 곧게 뻗어 나와 있다. 그래서 마치 다리가 상반신과 뚝 떨어져 분리되어 있는 것처럼 보인다. 전혀 다른 이의 다리가 놓여 있는 것 같기도 하다. 여자는 한동안 그렇게 앉아만 있다. 별다른 행동을 하지 않고 정면을 응시할 뿐이다. 이불 밖은 칠흑 같은 어둠뿐이고 반대로 이불 안은 한 겹의 어둠이 더 있다. 잠이 오지 않는지 여자는 가만히 앉아 차분하게 숨을 들이마시고 내쉰다. 뱉어낸 숨은 이불을 통과하지 못하고 모두 이불 안에 철저하게 갇혀 있다.

여자는 그새 일어나 제자리에 우뚝 선다. 상반신을 가린 이불 때문에 미완성 조각상이 놓여 있는 것처럼 보인다. 완성되지 않은 경우에 보통 신체의 일부가 덜 자랐거나 부재한다. 그건 팔이나 얼굴이나 상반신 전체일지도 모른다. 그게 뭐가 됐든 간에 상관없다. 한동안 이불이 오래 덮여 있을 뿐이다. 여자가 고개를 숙이자 몸과 함께 이불이 슬그머니 앞으로 기운다. 그 상태로 보이는 거라곤 나란히 붙어 있는 두 발이 전부다. 발의 길이나 폭이 완벽하게 대칭을 이루고 있다. 처음 발을 부여받은 사람처럼 뚫어져라 바라보던 여자가 이내 고개를 든다.

여자는 정면을 향해 걸어간다. 일정한 폭과 속도로 부지런히 발을 교차한다. 보통 사람들이 걷는 걸음에 비해 여자의 걸음은 유독 작고 느리기에 한참을 걸어 겨우 이부자리에서 벗어난다. 바닥의 냉기가 발바닥 전체에 빈틈없이 스미고 발목 위로 서서히 퍼져나간다. 여자는 두 발을 붙이고 멈춰 선다. 한 걸음 내디디면 닿을 만큼의 거리에 벽이 있기에 익숙하게 몸을 돌린다. 정해진 방향은 없다. 그저 벽이 없는 쪽으로 몸을 돌릴 뿐이다. 벽을 마주할 때마다 주저하지 않고 돌아서고 있기에 단 한 번도 벽에 몸을 부딪힌 적이 없다. 여자는 그렇게 몇 바퀴째 방을 완주한다. 왜인지 편히 누워 잠이 들지 못하고 매일같이 방 안을 걷는다.

문턱을 넘어 가까스로 방을 벗어나면 거기 또 다른 방이 있다. 남자가 서재로 쓰던 방이다. 꽤나 오래도록 방치되어서 그 세월만큼의 먼지가 방 안에 가득하다. 여자가 책상 옆을 지나자 먼지가 잠시 떠올랐다가 도로 제자리에 내려앉는다. 가끔 제자리를 찾지 못하고 이불에 살포시 내려앉기도 하지만 여자는 그 사실을 모른다. 그저 책장 앞에 서서 빈틈없이 빽빽하게 꽂혀 있는 책을 바라보고 있다. 마치 책을 고르기라도 하는 것처럼 보이지만 끝내 책을 빼내지 않는다. 자신이 찾는 책이 없기라도 한 듯 힘없이 돌아설 뿐이다. 서재에서 다시 한번 문턱을 넘으면 또 다른 방이 나온다. 거긴 창고거나 다락이거나 또 다른 서재다. 문턱을 넘기 전엔 방의 용도를 알 수 없다. 방의 크기나 구조, 하물며 방을 채우고 있는 사물들에 관해서도 물론 알 수 없고 단지 거기 방이 있다는 것만큼은 분명하다.

여자는 그렇게 몇 개의 방을 지난다. 그중에는 여자의 방도 있다. 여태까지의 방들 중에 가장 좁기에 가구라곤 원목으로 된 원형 협탁이 전부다. 따로 유리를 맞추지 않았지만 처음 방에 들이던 모습 그대로 흠집 하나 없다. 협탁에 딸린 서랍은 지금껏 열어본 적이 없고 상단에 자개거울만 덩그러니 놓여 있다. 거울은 이불 한 부분을 비추고 있어 온통 하얗다. 여자는 마치 매무새를 만지듯 거울 앞에 오래 서 있다. 상체에 덮인 이불이 미세하게 움직이더니 이내 여자가 부드럽게 몸을 돌린다. 이불자락이 함께 돌아가며 허공에 아름답게 펼쳐진다. 그 순간 방 안에 하얀 꽃이 피었다 지는 것처럼 보인다. 바람의 결을 따라 있지도 않은 향기가 퍼져나가고 여자는 철 지나 시든 꽃처럼 방 한가운데 축 늘어져 있다.

수십 개의 문턱을 넘으면 언제나 그만큼의 방이 있다. 서로 다른 용도의 방을 여자가 지나간다. 방의 크기는 모두 다르고 방에서 소요되는 시간 또한 다르다. 크기가 시간에 비례하지는 않으므로 여자는 때에 따라 크기가 큰 방에서 짧은 시간을 보내거나 그보다 작은 방에서 긴 시간을 보내기도 한다. 마찬가지로 방의 크기에 따라 사물들이 배분되어 있는 것도 아니기에 온갖 사물들이 발 디딜 틈 없이 채워진 방이 있는가 하면 말끔하게 비워진 방도 있다. 여자는 그 어떤 방이든 어렵지 않게 통과한다.

가끔 방에 딸린 욕실에 들어가기도 한다. 욕실은 작은 창문 하나 없는데도 물기 없이 잘 말라 있다. 차가운 타일에 여자의 발바닥이 착 달라붙는다. 발은 이미 타일만큼이나 차가워져서 냉기는 조금도 느끼지 못한다. 여자는 망설이지 않고 욕실 안쪽에 마련된 욕조에 들어가 쭈그려 앉는다. 그러자 이불이 여자의 몸을 모두 가려 욕조는 마치 텅 빈 요람처럼 보인다. 여자는 그 안에서 안락하게 시간을 보낸다. 물이 차 있지 않으니 물살을 가르고 헤엄쳐 가지는 못하겠지만, 몸을 둥글게 말고 새하얀 욕조에 잘 담겨 있다. 한참 후에 여자는 욕조를 빠져나와 들어올 때 넘었던 문턱을 다시 한번 넘는다. 이불의 끝자락에 작게 물이 스며들어 있다.

방은 끝이 없다. 아무리 걸어도 끝이 보이지 않고, 하나의 방을 완주하면 또 다른 방이 기다리고 있다. 고로 시작과 끝이 반복되고 있다. 그런 방식으로 설계되어 있어 집 안을 다 걷기란 불가능하다. 그렇게 판단한 여자는 걷고 또 걷는다. 달리고 뛰어넘고 질주한다. 어떤 사물에도 이불이 걸리거나 몸이 부딪히지 않도록 신속하고 정확하게 방을 통과한다. 아무리 속도를 내도 이불은 흘러내리지 않고 여자의 몸에 단단히 고정되어 있다. 마치 신체의 어느 일부가 되어 있는 것 같지만 그런다고 자라나지는 않는다. 여자의 걸음에 맞춰 하염없이 펄럭이고 있을 뿐이다.

아주 가끔 여자가 멈춰 선다. 잘 달려 다니다가도 속도를 줄이고 정지한다. 다시 걸음을 떼기 전까지 한참이 걸릴 테지만 그 사실에 전혀 개의치 않는다. 특히 방에 난 창문을 그냥 지나치는 법이 없다. 모든 창문에는 커튼이 쳐져 있어서 여태 바깥 풍경을 본 적이 없는데도 여자는 이상하리만치 간절해 보인다. 축 늘어진 커튼 앞을 서성이며 정성껏 들여다본다. 커튼마다 달빛이 옅게 스며들어 있고 그 위로 그림자 하나가 떠올라 있다. 창밖에 있는 그것은 공교롭게도 창문 크기만큼만 보인다. 바깥에서는 온전할 신체가 안에서는 사각형에 갇혀 완벽하게 잘려 있다. 아무리 봐도 커튼의 무게는 가늠할 수 없다. 커튼을 쥐거나 걷어내지 못하기에 오래 지체되고 있다.

어느 벽 앞에서 여자가 골몰한다. 흰 벽에 이름 모를 꽃이 거꾸로 매달려 있다. 꽃은 가장 만개했을 때 줄기를 꺾어내 뒤집어 말린다. 건드리면 바스라질 정도로 꽃잎이 바싹 말라 있다. 아무리 고개를 꺾어보아도 꽃이 똑바로 보일 리 없지만 여자는 쉽게 돌아서지 않는다. 한참을 말없이 바라보다 매달린 꽃 아래를 지나자 금세 부서진 꽃잎이 이불 위로 떨어진다. 문턱을 넘은 여자가 여전히 고개를 꺾은 채, 방으로 들어간다.

여긴 방이구나.
나는 다만 문턱을 넘은 것뿐이었지.

여태 그래 왔던 것처럼 방은 어둡고, 숨소리 하나 없이 고요하며 적막하다. 묵은 먼지가 모두 바닥에 내려앉아 차가운 냉기만이 허공 가득 퍼져 있다. 바람 한 점 불지 않아서 그 상태로 정지되어 있다. 방 안에 작은 시계 하나 없으니 더욱 그렇다. 그런 방에 여자가 발을 들이고 그 작은 몸집만큼의 공기가 바깥으로 밀려난다. 공기의 배열이 뒤바뀌며 일순간 먼지가 허공에 낮게 떠오르고 가라앉는다. 방은 여자를 주시한다. 여자의 모든 행동을 심판할 것처럼 혹은 금방이라도 문턱 너머로 몰아내기라도 할 것처럼 노려보고 있다.

여자는 눈동자를 이리저리 굴려가며 주위를 훑는다. 방 안에 온갖 사물이 어지럽게 배열되어 있다. 아무런 질서도 규칙도 없이 그저 몸을 맞대고 길게 이어져 있을 뿐이다. 커다란 몸집 뒤편으로 자꾸만 어둠이 자라난다. 여러 겹으로 포개지고 쌓이며 점차 견고해진다. 일곱번째 집에서 나고 자란 여자는 살면서 이런 방을 본 적이 없다. 본 적도 없으니 들은 적도 없으며 아무도 친절히 일러준 적이 없다. 그렇기에 방의 존재를 어느 누구도 알지 못할 것이 분명하다. 어쩌면 알면서 철저히 숨긴 걸지도 모르지만, 그 이유는 알 수 없다.

여자가 보기에 방은 다른 방들과 다를 바가 없다. 천장에 형광등이 달려 있고 그걸 켜지 않는 이상 밤마다 짙은 어둠에 잠기는 그런 방일 뿐이다. 어찌 됐든 아무에게도 발설되지 않은 방에 여자가 있다. 여자는 방을 발설하는 최초의 사람이 될 것이다. 여자에 의해 방이 명명되고 마을 사람들에게 구전되며 산 너머에 기록될 것이다. 하지만 그 전에 여자는 이 깊고 외진 방을 빠져나가야만 한다.

방의 온도와 습도를 가득 머금은 공기가 여자의 몸에 끊임없이 들어찬다. 지구 한 바퀴보다 더 길게 뻗은 혈관을 지나고 중력에 따라 몸을 잠식하다가 마침내 발끝에 모인다. 이대로 가만히 서 있다간 무겁게 가라앉은 몸이 언젠가 저 땅밑으로 추락할지도 모른다. 머리를 아래로 향한 채 추락에 추락을 거듭하다 보면, 땅속 깊이 묻힌 고대 도시를 발견하거나 세상에 없는 이들을 목격할 것이다. 그런 일이 벌어진다 하더라도 지구 반대편에 도착하기도 전에 밤은 끝난다. 해가 떠오르면 꿈처럼 깨어나 몸이 아주 조금 자라나 있을지도 모른다. 그건 분명 꿈이지만 두려울 것이다. 사람의 꿈은 꿈이라서 더 두려울 때가 있다.

여자는 겨우 한 걸음을 내디딘다. 이불 위에 앉아 있던 꽃 부스러기가 등 뒤로 떨어지며 작고 마른 기척을 낸다. 방금까지 자신이 서 있던 자리에 꽃잎이 살포시 내려앉았을 뿐인데 여자는 멈춰 서지 못하고 하염없이 걷는다. 걸음마다 바짝 따라붙는 기척이 말끔히 사라질 때까지 차분하게 달아난다. 한참이 지나 완벽하게 따돌린 여자가 그제야 멈춰 서서 천천히 숨을 가다듬는다. 사방이 깊은 어둠이라 방은 끝없이 몸을 키워간다. 여자의 몸에 마지막까지 남아 있던 티끌처럼 작은 부스러기가 끝내 떨어진다. 문턱에서부터 시작되어 길게 이어진 흔적들이 비로소 끝이 나고 이불이 원래만큼이나 깨끗해진다.

여자는 발끝으로 바닥을 더듬으며 천천히 나아간다. 여태 사물이나 벽이 앞을 가로막은 적이 없으니 정면을 향해서만 나아가고 있다. 이대로 걷다 뭔가와 마주치면 그때 몸을 돌려 방향을 바꾸면 될 테고 그러다 보면 언젠가 방을 나갈 수 있을 것이다. 그런 믿음으로 여자의 걸음이 미세하게 빨라진다. 발길이 닿는 대로 걸어나가던 여자의 몸에 뭔가 닿는다. 정확히는 여자의 몸에 씌워진 이불자락에 뭔가 슬그머니

닿고 사라진다. 그 순간 여자의 몸이 딱딱하게 경직된다. 한쪽 발이 들린 채로 뱉어내던 숨을 참고 입안에 머금는다. 모든 행동을 선불리 이어나갈 수 없어 그대로 정지해 있다. 흔들리던 이불이 멈춘 뒤에야 여자는 서서히 발을 내려놓는다. 두 발을 온전히 바닥에 붙이자 마음이 한결 편안해졌는지 한참을 서 있던 여자가 조심스럽게 걸음을 내디딘다. 여자의 걸음은 너무나도 작고 방은 좀처럼 끝이 없다. 끝에 다다를 수 없을 만큼 방은 깊어지고, 깊게 걸어 들어갈수록 뭔가가 자주 여자의 곁을 스치고 지나간다.

그것은 방의 일부다. 정확하게는 방에 존재하는 어떤 것이다. 벽일 수도 있고 사물일 수도 있으며 창문일 수도 있고 커튼 위에 떠오른 그림자일 수도 있다. 어쩌면 이 방의 주인일 수도 있겠지만, 뭐가 됐든지 여자가 방을 발견하기 훨씬 전부터 방의 존재를 알고 있었을 것이다. 어떤 방식으로든 방의 한 부분으로 남아 여태 방을 지키거나 감시했을 것이 분명하다. 방을 떠나거나 벗어나지 못해서 너무나 오랜 시간을 방에서 보냈을 테지만, 그 사정을 여자가 다 알 리는 없다.

한시라도 빨리 방을 벗어나야겠지.

어쩌면 너무 멀리 와버린,

지나온 길을 거슬러 가면 분명 문턱이 있을 테고 그걸 넘으면, 방의 바깥이다. 여자는 정면을 향해 부지런히 걸음을 옮기고 그런 움직임과는 무관하게 이불이 흔들린다. 걸음의 속도보다 빠르거나 느리게 이불이 흔들리고 있지만 아무리 주위를 둘러보아도 방에는 크고 작은 사물들이 전부다. 하물며 멈춰 서 있는 동안에는 아무런 일도 일어나지 않는데도 여자는 좀처럼 안심할 수 없다.

그것은 언제 어디서든 예고도 없이 나타나 이불의 끝자락만 겨우 스치고 사라진다. 마치 둥근 정수리가 손끝에 닿지 않을 정도로 작은 아이가 곁을 지나다니는 것만 같다. 여자는 자연스레 그 정도의 체고를 가진 아이를 떠올린다. 본 적도 없는 아이를 마음속에 품고 있다 보면 저절로 그리워지기도 한다는데. 여자는 그런 사실을 이미 익히 알고 있기에 금세 잊고 지워버린다. 오로지 방에서 벗어나기 위해 걸음을 재촉하고 멀리 달아난다. 그러한 와중에도 이불은 처음 모습 그대로 차분하고 단정하게 덮여 있다. 신체의 반을 하얗게 지운 채로 시야를 다 가리고 있기에 여자는 언제나 한결같은 모습으로 정면만을 향해 걸어간다.

마침내 처음으로 벽을 마주하고 선다. 여자는 몇 차례의 심호흡 끝에 신중하게 발을 굴리고 왼쪽 방향으로 돌아선다. 벽을 등 뒤에 두고서 천천히 걸음을 떼자 동시에 이불이 뒤

쪽으로 슬그머니 당겨진다. 뒷자락이 허공에 걸린 채 팽팽하게 펴지고 여자의 얼굴에 바짝 달라붙는다. 벌어진 입술 사이로 새어 나온 더운 숨이 이불에 스며 금방 축축해진다. 이불은 마치 투명한 막처럼 입을 막아서 여자는 점점 숨이 막혀온다. 섣불리 고개를 돌릴 수도 없기에 뒤를 돌아볼 수 없다. 여자는 그대로 서서 이전의 상황을 곰곰이 떠올린다. 몸을 돌리기 전 분명 앞에 벽이 있었지. 어쩌면 그게 벽이 아닐지도 모르지만. 만약에 벽이 아니라 사물일지라도 상관없다. 중요한 건 지금 뭔가가 여자의 뒤에서 이불을 쥐고 있다는 사실이다. 어째서 이토록 자신을 붙잡는 것인지 모르기에 여자는 신경을 곤두세운다. 얼굴에 맺혀 있던 땀이 목덜미를 타고 흐르고 등 뒤가 서늘해지고 있다. 조금 전과는 정반대의 방향으로 살며시 몸을 돌리자 이불이 다시 원상태로 돌아온다. 여태 그래왔던 것처럼 이불은 여자의 몸 언저리에 축 늘어진다. 방금까지 이불을 쥐고 있던 것이 흔적도 없이 말끔히 사라지고 눈앞엔 텅 빈 허공만이 남아 있다. 다만 이불 끝자락에 살짝 주름이 져 있을 뿐이다.

달아나버렸어.
단지 뒤를 돌아보아서.

이불 안에서 수직으로 떨어진 물방울이 바닥에 맺힌다. 쌓여 있던 먼지가 표면에 떠오르고 어디로든 흘러가지 못한다. 그래서 가끔 가라앉기도 한다. 정지해 있는 시간 동안 여자는 방의 일부가 되어간다. 자신도 모르는 방향을 향해 놓인 여느 사물들처럼 방 안에 쓸쓸하게 갇혀 있다. 여러 번 몸을 돌린 탓에 방향을 잃은 지 오래다. 그대로 걸어가더라도 거기 문턱이 있을 리 없다. 정해진 길이 없기에 여자는 뒤를 돌아보거나 지나온 자리를 살피지 않는다. 걸음을 재촉하지도 멈춰 서지도 않고 한참을 걷다 보면 때론 이불이 지그시 당겨진다. 그게 마치 힘없는 아이가 치맛자락을 잡고 붙드는 것처럼 느껴지기도 한다. 어린아이의 작고 여린 울음소리가 멀리서 아득하게 들려오는 것도 같다. 당장이라도 뒤를 돌아보고 싶은 충동에 시달리지만 힘겹게 참아낸다. 실체 없는 것일지라도 뭐든 사라지는 것은 두렵기에 여자는 그저 잠시 바닥에 주저앉을 뿐이다.

그것은 여자의 곁을 한 번도 떠난 적이 없다. 잠자코 기다리며 때를 노리다가 방심한 틈을 타 나타난다. 가까이 다가와 이불을 스치거나 잡아당기고 매달리기도 하며 슬쩍 들추기도 한다. 그럴 때마다 여자는 위태롭게 휘청거린다. 넘어지지 않기 위해 걸음을 늦추거나 제자리에 멈춰 서 있다가 방 한구석에 들어가 몸을 숨기고 숨을 죽인다. 아무리 빠르게 달리거나 숨어도 완벽하게 따돌릴 수는 없다. 그것은 언제 어디서든 나타나 여자의 몸에 뒤집어씌워진 이불을 흐트러뜨리고 제멋대로 구겨놓는다. 여자는 장롱 안에 들어가 문을 꼭 닫고서 몸을 움츠린다. 한참을 그렇게 있다가 장롱을 나와 이불이 구겨진 걸 그제야 알아채고 울상 짓는다.

여자는 온갖 표정을 지은 채로 방 안을 활보한다. 그것은 아무런 표정이 없고 표정을 지을 얼굴 또한 없으며 아직 제대로 된 이름 하나 없다. 세상을 이루는 것들은 모두 이름을 부여받은 이후에 생겨난다. 이름에 뿌리를 두고 신체가 돋아나고 이름이 불리는 만큼 자라나기에 모두 다른 속도로 성장한다. 충분히 불리면 저절로 성장을 멈추겠지만 반대로 성장을 마치기도 전에 더는 불리지 않게 되기도 한다. 아무래도 그건 슬픈 일이기에 여자는 그것에 나름대로 이름을 붙인다. 부르고 싶은 이름을 모두 끌어와 찬찬히 발음한다. 함께 지낸 시간보다 기억에 남은 시간이 더 오래된 아이의 이름을 부르거나, 이부자리 위에 잠들어 있는 남자의 이름이나 자신의 이름을 부르다 끝내 묵음한다. 단 하나의 이름도 이불을 통과하지 못한다. 여자가 호명하는 건 모두 일곱번째 집 안에 있다. 뒤를 돌아보지 않아서 아직 여자의 곁에 있다.

그들은 함께 방을 누비며 깊고 어두운 구석까지 들어간다.

지나는 곳마다 묵은 먼지가 일제히 부양하고 허공에 제각기 퍼져나간다. 하나같이 제자리를 잃고 멀리 밀려나 낯선 자리에 내려앉는다. 그들은 한시도 멈추지 않고 서로를 따라 걷고 달린다. 일렬로 나란히 발을 맞춰 행진하며 끝없이 나아간다. 낮은 곳을 지나기 위해 기어가거나 높은 곳을 서로의 등을 밟아 오르기도 한다. 그러는 동안 방의 끝에 도달하지만 이대로 멈춰 서지 않는다. 함께 동일한 방향으로 몸을 돌리고서 또 다른 끝을 향해 간다. 그들은 서로의 곁에서 어떤 행동도 주저하거나 망설이지 않는다. 옷 하나 걸려 있지 않은 행거 위를 아슬아슬하게 걸어가고 선반 끝에서 뛰어올라 탁자 위로 가볍게 착지한다. 벽과 서랍장 사이에 벌어진 틈에 모로 들어가 먼지를 온통 뒤집어쓴 여자가 어떤 문 하나를 발견한다.

벽에 난 문은 서랍장에 완벽하게 가려져 있다. 방 안을 아무리 살펴봐도 거기 문이 있다는 사실을 알 수 없다. 그런 문 앞에 여자가 서 있다. 이불 너머로 한참을 바라보고 있지만 문에는 문고리 하나 달려 있지 않다. 그래서 마치 벽의 일부로 보인다. 여자가 이불 밖으로 손을 내민다 하더라도 문고리가 없는 문을 열기란 불가능하다. 대부분의 문은 바깥으로 통한다. 문을 열면 집을 나갈 수 있겠지만 지금은 너무나 깊은 밤이다. 언제 어디서 무슨 일이 벌어질지 알 수 없다. 특히나 산으로 둘러싸인 마을은 더욱 그렇다. 작은 저수지 하나 없지만 수시로 안개가 끼고, 바람이 불지 않기에 한곳에 오래 고여 있다. 가끔 산을 타고 넘어오는 바람에서 희미하게 이취가 나기도 한다. 마을 사람들은 산 너머에 바다가 있으리라 입을 모으고, 산 너머를 본 적이 없으니 서로가 서로의 말을 여태 믿고 있다. 그들은 선불리 산을 넘지 않는다. 산은 너무나 크고 높기에 아무리 일찍 산을 오른다 하더라도 산 너머에 도착하기도 전에 밤이 되어버릴 것이 분명하다. 해가 지면 덜 자란 아이들이 산에서 실종된다는 소문이 마을에 무성하다. 어쩌면 아이를 잃은 여자들이 밤마다 정처없이 산길을 헤맬지도 모르고, 밤새도록 제 아이의 이름을 목 놓아 부를지도 모르지만, 그런다고 한들 사라진 아이를 찾진 못한다. 이미 멀리 떠났는지 산은 언제나 고요하다. 봄이면 가끔 이유 없이 산불이 나고 번져 모든 게 다 검은 재가 될 뿐이다. 그런 일들은 어떤 징조도 없이 일어난다는 사실을 여자는 마을에 살면서 누구보다 잘 알고 있기에 함부로 문을 열지 않는다. 여자는 아무렇지 않게 몸을 일으켜 문 앞을 지나간다. 이불에 온통 먼지가 묻어 있지만 그걸 모르고 다시 방 안을 헤집고 다닌다. 이리저리 몸을 돌려가며 걸음을 옮기고 온갖 사물들을 밟고 뛰어넘는다. 어렵지 않게 방을 다 완주하며 이불은 어느새 제법 말끔해진다.

방은 여전히 깊은 어둠 속에 잠겨 있다. 해가 떠오르기 전까지 밤은 깊어지기만 하기에 여태 방 안은 어둠이 전부다. 눈앞에 펼쳐진 풍경들이 단 몇 걸음만으로 뒤로 밀려난다. 방의 끝에서 모든 풍경이 오직 등 뒤에 놓인다. 여자는 능숙하게 몸을 돌리고 다시 걸음을 내디딘다. 오로지 정면을 향해 걸으며 방의 끝에서 끝까지 몇 차례 왕복한다. 끝은 언제나 같은 곳에 놓여 있기에 매번 동일한 보폭과 보수로 당도한다. 반복되는 과정 속에서 자연스럽게 방의 면적과 구도가 헤아려지고 방을 채운 사물들의 형태가 하나씩 눈에 익어간다. 서랍장이나 장롱에 가려 보이지 않는 문과 시계와 주인 없는 낙서의 위치까지 정확히 기억해낸다. 여자가 시간을 보낸 만큼 방에 제법 적응해나간다. 여태 지나온 수십 개의 방들처럼 익숙해져가고 있다.

그렇게 눈치채지 못한 사이에 그들은 하나둘 떠난다. 그들의 방식대로 예고도 없이 여자의 곁에서 완벽하게 떠나간다. 남은 밤을 더는 함께할 수 없겠지만 작별 인사 한 번 건네지 않는다. 혼자 남겨질 것을 모르고 길을 잃어가는 아이처럼 당장에 옷자락을 붙들고 울상을 짓지 않는다. 그들에겐 여전히 제대로 된 이름 하나 없어서 기뻐하거나 슬퍼할 표정이 없다. 표정이 없으니 얼굴도 없고 신체 또한 없다. 처음부터 존재하지 않던 것처럼 떠나가고 있단 사실을 여자는 전혀 모른다. 그저 홀로 방을 다 완주할 뿐이다. 세상에 없는 이의 이름을 읊조리며 허공을 비집고 발끝을 밀어 넣는다. 방의 끝에 서 있던 여자가 또 다른 끝으로 가닿는다. 몇 차례 방을 완주해나가며 여자는 착실하게 혼자가 되어간다. 이미 다 떠난 뒤에야 그걸 깨닫는다.

여자는 방 안을 샅샅이 돌아본다. 지나온 것들을 하나둘 짚으며 다시 되돌아간다. 혹시나 놓치고 지나치면 뒤를 돌아볼 수 없으니 걸음이 유난히 느리다. 처음 방에 발을 들였던 때와 같은 속도로 걸으며 장롱 안을 들여다보거나 커튼이 쳐진 창문을 두드린다. 바닥에 깔린 러그를 들춰보거나 소리 나지 않는 모빌에 매달려 하염없이 회전하기도 한다. 자신도 모르는 새 방을 몇 차례 완주하지만 이제 거긴 아무도 없다. 더는 앞으로 걸을 수 없을 만큼 지쳐버린 여자가 그제야 방 안에 홀로 남겨졌단 사실을 깨닫는다.

이 집에 손님은 처음이었는데
향긋한 차 한잔 내어주지 못했잖아.

방은 순식간에 처음과 같은 모습을 되찾는다. 여태 그들과 함께 지나온 풍경 속에 여자만 홀로 덩그러니 놓여 있다. 방 안에는 여자가 남긴 흔적 이외에 그 어떠한 것도 남아 있지 않다. 사실 흔적이랄 게 이불이 바닥의 먼지를 쓸어내며 생긴 무늬가 전부다. 가끔 그 위로 희미하게 발자국이 찍혀 있기도 하지만 대부분 이불자락에 쓸려 지워지고 그나마 남아 있는 발자국마저도 대개 형태가 온전하지 않다. 행적을 따라 이어지지 않고 자주 끊겨 있거나 각기 다른 방향으로 찍힌 발자국이 일렬로 이어져 있기도 하다. 방에는 그 정도의 흔적뿐이다. 그들은 작은 흔적 하나 남기지 않고서 완벽하게 사라지고 없다. 여자는 여태 방향을 정하지 못해서 어디로든 걸음을 내딛지 못하고 있다. 여자가 서 있는 곳을 기점으로 수십 개의 발자국이 생겨난다. 발자국은 먼지를 밟고 떠올라 잠시 선명해지더니 이내 뭉개지고 으깨진다. 여자가 회전하는 방향으로 이불이 떠오르고 가라앉기를 반복한다. 어디에도 걸리지 않고 허공에 자유롭게 날리고 있다.

그들은 어디에도 없고, 따라서 더 이상의 방도 없다. 방을 완주해나가면서 여자는 더는 나아갈 수 없단 사실을 깨닫는다. 너무 늦게 깨달아버려서 점차 느린 속도로 멈춰 선다. 발 아래 달처럼 크고 둥근 발자국이 떠올라 있지만 그걸 모르고 걸음을 내디딜 때마다 일정한 보폭으로 멀어져간다. 가까워지지 않고 멀어지기만 하는 여자의 발에 무언가 밟혀 바스라진다. 다름 아닌 꽃 부스러기가 바닥에 길게 수놓아져 있다.

걸음을 뗄 때마다 발바닥에 하나둘 달라붙고 있기에 여자는 방에 처음 들어왔을 때의 흔적을 점점 지워간다. 그걸 다 지우고서 여자는 자신이 넘었던 문턱 앞에 선다. 발밑에 꽃 한 송이만큼의 부스러기와 방 한 칸의 먼지가 있다. 여자는 한동안 문턱을 넘어가지 못하고 조용히 흐느낀다. 세상이 무너진 듯 슬픔에 잠겨 외로이 운다. 여자가 내는 어떤 소리도 한 겹의 이불을 통과하지 못한다. 이불에 부딪혀 잘게 부서지고 일그러진 소리가 다시 여자에게로 되돌아간다. 그게 거듭될수록 전혀 다른 음성이 된다. 다만 이불이 흔들리고 있을 뿐이다.

몇 번의 심호흡 끝에 문턱을 넘는다. 발끝부터 차례대로 방에서 빠져나와 온전히 방 바깥에 선다. 방을 등진 여자가 또 다른 방으로 걸어 들어간다. 거긴 이미 예전에 여자가 지나온 방이다. 여전히 이름 모를 꽃이 거꾸로 매달려 있고 커튼 위로 그림자가 떠올라 있다. 아까보다 조금 더 작아져 있지만 아무리 봐도 도무지 실체를 알 수가 없다. 뭐든 떠나고 나면 그리운 법이기에 여자는 모두 잊지 않고 오래 들여다본다. 문턱을 넘고 방을 통과해나가며 그렇게 하나둘 역행한다. 욕실은 여전히 잘 말라 있다. 전보다 더 말라버려서 이제는 다른 방들과 같은 습도를 유지하고 있다. 여자는 차가운 타일 위를 걸어 안쪽에 놓인 욕조에 도로 들어간다. 상체를 가린 이불이 몸을 다 덮고 여자는 하얗게 표백된다. 정말 물 속에 들어가기라도 한 듯 숨을 참고 꿈쩍도 하지 않기에 마치 빈 욕조처럼 보인다. 정말 그런다 하더라도 여자는 어디로든 벗어나지 못한다. 여자가 몸을 일으키자 전과 같은 자리에 투명한 물이 스며들어 있다. 여전히 그걸 모르고 욕실을 나와 다시 수십 개의 문턱을 넘는다.

끝없이 이어진 방을 하나도 빠짐없이 다 지난다. 여자의 방에는 여전히 원목으로 된 원형 협탁만이 덩그러니 놓여 있다. 상단에 놓인 자개 거울 앞에 여자가 서자 이불 끝자락에 물이 스며들어 있는 모습이 거울에 비친다. 이불에 짙게 경계가 져 있는 것을 말없이 바라보던 여자가 이내 걸음을 옮긴다. 남자의 서재에는 여전히 먼지가 가득하고 익숙한 배열로 책장에 책이 꽂혀 있다. 책장 곳곳이 텅 비어 있어서 책이 사라진 것처럼 보이기도 하고 처음부터 그 자리에 책이 없었던 것처럼 보이기도 한다. 여자는 의심을 지우고 책장을 눈으로 훑는다. 책장의 책은 모두 제자리에 꽂혀 있기에 안심하고 문턱 앞에 선다. 여태 단 한 번도 뒤를 돌아보지 않고서 다시, 원점이다.

방은 여전하다. 사방이 어둡고 적막하며 바닥에 두 채의 이부자리가 나란히 놓여 있다. 보다 안쪽에 있는 여자의 이부자리는 말끔히 비어 있다. 여자가 방을 가로지르자 천장에서부터 길게 뻗어 내려온 고리가 이불이 걸려 좌우로 흔들린다. 너무나 오랜 시간을 걸어 몹시도 지쳐 있기에 곧장 이부자리로 가 다리를 뻗고 눕는다. 슬쩍 허공의 고리를 쳐다보지만 흔들리던 줄은 이미 멈춰 서 정지해 있다. 여자의 두 눈이 감기고 몸에 덮인 이불이 점차 작게 오르내린다. 호흡이 균일하게 느려지며 온몸에 힘이 빠져가고 있다. 긴 밤을 마치고 여자는 마침내 잠이 든다.

그 순간 남자가 기척도 없이 일어난다. 발을 딛고 일어선 남자가 방 한가운데에 우뚝 솟아난다. 남자는 조금도 망설이지 않고 걸음을 내딛어 이부자리를 다 벗어난다. 거긴 다름 아닌 문이 있다. 남자가 누워 있던 자리의 바로 옆에 바깥으로 통하는 유일한 문이 나 있다. 그 문을 남자가 활짝 열어젖힌다. 순간 남자의 몸에 가려 조각난 어스름한 달빛이 방 안에 들어찬다. 방 안 깊은 곳까지는 들지 못하고 그저 문가만 은근하게 비출 뿐이다. 남자가 나가고 문이 닫히자 방은 도로 어둠에 잠긴다. 일곱번째 집은 여전히 밤을 지나고 있다.

해가 떠오른다. 눈부신 빛이 만물을 균등하게 비춘다. 홑겹의 악몽을 뒤집어쓰고 잠들어 있던 이들이 깨어나 고요하게 기지개를 켠다. 밤을 지나는 동안 불면에 시달리기도 했겠지만 언제나와 같이 하루를 시작한다. 각자에게 주어진 하루 동안 해야 할 몫의 일을 해내야 하기에 늘 바쁘다. 오래전의 일을 해내지 못해서 여태 그날을 살아가기도 한다. 누구에게나 그런 날이 하루쯤 있다. 뭐든 도저히 해낼 수 없는 날이 있기에 삶은 끝없이 되풀이된다. 모두의 삶이 그런 식이라서 아무도 그 사실을 모르고 살아간다. 오늘도 마을은 평온하다. 산으로 둘러싸인 마을에 따스한 빛이 비추며 어둠을 한 겹씩 걷어낸다. 창마다 빛이 들어차고 순식간에 온 집 안을 환하게 밝힌다. 빛으로부터 유일해지는 시간이다. 아침이 이제 막 시작된다.

해설

진심의 시계

홍성희
(문학평론가)

시계 방향

모빌은 언제나 시계 방향으로 회전한다. (p. 40)

시계 침은 둥그렇게 공간을 돌아 같은 자리로 돌아온다. 한 번의 완주는 하나의 시간 단위가 되고, 바로 이어 또 다른 완주가 시작된다. 매번의 완주가 약속되는 가운데 바늘은 똑같은 원을 반복하여 그리면서 겹겹이 시간을 포갠다. 시계 속 공간은 완주의 끝과 시작이 겹쳐지는 순간마다 지나간 시간과 무관한 세계가 되어 시간처럼 앞으로 나아간다.

김수온의 소설에는 정면을 보는 사람들이 있다. '나'와 '너'는 각자 정면을 바라보며 그네를 타고(「나의 마르멜로」),

'아버지'는 택시의 핸들을 꼭 쥐고 정면을 응시한다(「( )」). 도시의 아이들과 행렬 속 사람들은 전방에 뭐가 있든 망설임 없이 앞으로 나아가고(「행렬」「음,」), '여자'는 방 안에서 앞으로, 앞으로 걷다 벽을 마주하면 돌아서 다시 앞으로 걷는 일을 반복한다(「한 겹의 어둠이 더」). 이들에게 정면을 보는 일, 정면으로 나아가는 일은 그저 그러기로 정해져 있기 때문에 그렇게 해야 하는 일처럼 묵묵히 이루어진다. 그들에게 살아간다는 것은 어쩌면, 닥쳐오는 '앞'들을 시계 침처럼, 숙명처럼 이행해 나아가는 일이다. 약속된 '앞'들을 완주하고 나면 잠이 들고, 잠에서 깨면 다시 새로운 '앞'을 완주하기 위해 걸으면서, 전방이 아닌 방향은 없는 시계의 세계를 그들은, 혹은 우리는, 충실히 살아간다.

그처럼 정면을 보며 정면으로 나아가는 사람들을 때로는 기괴하게, 때로는 서글프게 그려내면서 김수온은 자꾸만 왼쪽을, 혹은 서쪽을 떠올린다. 그 이유는 어쩌면 오른쪽, 혹은 동쪽을 '정면'으로 만드는 '시계 방향'을 거슬러 다른 방향의 시간, 방향이 다른 시선을 만들어내고 싶어서인지도 모른다.

아홉 편의 소설은 모두 무언가를 기억하거나 기억하지 못하는 일에 관하여 말한다. 앞으로, 앞으로 연속되는 활자들 사이에는 구체적으로 회상되는 지나간 어떤 시절이 있고, 뒤집어쓴 이불에 스민 물 자국이나 유리에 남아 있는 손자국처럼 발견되지 못한 채 사라지는 흔적들이 있다. 소설들은 정면으로 나아가기를 멈추지 않는 인물들의 '뒤'에 남겨져 잊히거나 더러 비워진 시간의 흔적을 겹쳐내는 일에 마음을 다한다. 그 마음은 시계 침을 거꾸로 돌려 과거를 복원하거나 재현해내려는 마음과는 다른 결로, 앞을 향해 나아가는 일이 정말로 무엇인지, 우리가 살아내는 전방의 세계란 기실 무엇을 향한 것인지를 가만히 묻는다. 그 물음의 무게가 김수온의 소설이 걷는 걸음의 무게가 된다.

빈 병

김수온의 인물들에게 있어 나아가는 일의 핵심은 그 끝에 있을 것으로 기대되는 무엇에 대한 전망보다는 앞이라는 방향 자체이다. 「행렬」의 '나'는 마을을 떠나 행렬에 참여하면서 이 행렬이 어딘가에 도착하여 마을을 꾸릴 것이고 그 마을에서 모두는 서로에게 다정한 이웃이 될 것이라 기대한다. 하지만 이 기대는 힘이 강한 희망이 아니라 막연한 전망에 가깝다. '나'는 정말로 그런 '도착'을 믿어서가 아니라, 그런 종류의 믿음이 필요하기 때문에 그것을 믿는다. 믿음은 시작도 끝도 모르는 채로 매일 계속되는 행렬의 나아감을 의심이나 불만 없이 안전하게 수행하기 위해 필요한 장치일 뿐이다.

행렬의 중심에 있다는 사실에 안도감을 느끼는 '나'가 자신의 뒤로 이어지고 있는 행렬을 점차 낯설게 바라보고, 행렬의 밖으로 나가 시선을 가로지르는 행렬의 외형을 바라보게 되는 가운데, 소설은 '나'의 나아감이 기실 목적지를 향해 가는 것이 아니라 마을을 두고 떠나는 일, 마을로부터 멀어지는 일, 마을로 되돌아가지 않는 일로서 행해진다는 것을 보여준다. '나'에게 있어 앞이라는 방향은 앞에 무엇이 있기 때문에 중요해지는 것이 아니라, 뒤를 가장 철저하게 등질 수 있는 방향이기 때문에 선택된다. 행렬의 모든 사람들 역시 마찬가지이다. 사람들은 서로 말 한 마디도 나누지 않고, 뒤는 물론 옆도 돌아보지 않으면서 정면에 몰두한다. 그 이유는 아마도, 그들이 다정한 마을을 향해 함께 나아가고 있는 것이 아니라 각자의 무언가로부터 멀어지기 위해 자신만의 걸음을 걷고 있기 때문일 것이다.

그 걸음들이 진심을 다해 멀어지려 하는 것, 그렇게 전방을 향한 걸음 뒤에 남겨두려 하는 것은 상실과 죽음의 흔적들이다. 「행렬」의 '나'가 떠난 마을에는 매일 아침 쌓여가는 비둘기 사체들이 있다. '나'를 제외한 행렬의 사람들이 보지 않고 지나가는 길목에는 폐허가 된 마을들, 물웅덩이에 잠겨 산 채로 죽어가는 잡초와 개미들, 해변에 즐비한 물고기 사체들이 있다. 「얼굴 없는 밤의 초상화」에서 '그녀'는 "앞으로 더 살아가기 위해"(p. 201) 불타버린 화실과 아이들이 그려준 초상화, 그리고 사라진 아이들에 대한 기억을 잃어간다. 「애프터눈 티」의 '여인'들은 군화에 짓밟히는 정원을 등지며 창문을 닫고 커튼을 치며, 연못에 죽어 있는 물고기 시체를 벽난로에 던져 태우고, 망가진 정원을 바깥에 내버려둔 채 잠에 든다. 「나의 마르멜로」에서 '나'의 부모는 수확되지 못한 과일들을 매단 채 썩어가는 나무들을 하나씩 베어내면서 과수원의 지난 시간을 오래도록 비운다. 공간을 가로질러 앞을 향해 가는 방식으로든, 시간을 건너 앞을 살아내는 방식으로든, 전방으로 나아가려는 사람들은 있는 힘껏 뒤를 지운다. 폐허, 재, 죽음의 흔적들을 시간과 시선에서 비워내고, 혹은 시간과 시선의 방식으로 그것들로부터 최선을 다해 달아난다. 그런 의미에서 김수온의 소설에 온전한 앞은 없다. 앞은 언제나 뒤를 동반하고, 뒤를 뒤로 만들기 위해 앞이 발명되고 수행된다. 앞에 대한 집착은 그렇게 등지고 싶은 것들에 대한 완고한 거부와 다르지 않다.

김수온의 소설은 그 집착과 거부를 정황적으로 보여주는 것을 넘어서 명료한 이미지로 만들어 사람들의 일상 속에 배치한다. 「얼굴 없는 밤의 초상화」에서 '나'는 냉장고에서 꺼낸 주스 병이 비어 있는 것을 확인하지만, 빈 병을 다시 냉장고에 넣고 문을 닫는다. 병에 든 내용물도, 병 자체도 아닌 병 속의 비어 있음을 보관하는 마음은 우선, 기억을 잃어가는 '그녀'를 빗소리가 차단된 집의 적막 속에 두는 것에서 안전한 기분을 느끼는 나의 마음과 닿아 있다. 이를테면 '나'는 그녀가 화실에 매일같이 나가는 동안 한 번도 그 안으로 들어가보지 않은 것처럼 그녀가 화실에 대한 기억을 애써 비워내는 동안에도 철저히 그 바깥에 머문다. '나'에게 중요한 것은 과일의 멍이 든 부분을 뒤로 돌려놓듯 일상을 안온하게 유지하는 것이다. 그런 의미에서 그녀가 기억을 잃어가는 일을 "앞으로 더 살아가기 위해" 필요한 일이라고 여기는 것은 그녀가 아니라 나이다. 나는 나의 '앞'을 안전하게 지키기 위해 그녀의 망각을 방치하고, 공백이 되어가는 채로 그녀를 기른다. 그녀 역시 그런 방식으로 자신을 보존한다. 잠이 들어 의식 저편에 기억을 밀어두고 깨어나면 알지 못하는 사이 무언가를 잃어버리고 만 상실감에 시달리지만, 그녀는 그 막연한 상실감으로 정말 있었던 상실의 자리를 채움으로써 상실 이후의 시간을 살아간다. 그러므로 빈 병은 채워지거나 냉장고 밖으로 버려져서는 안 된다. 기억이 돌아오는 순간 나와 그녀의 '앞'은 안전하지 못할 것이고, 기억을 숨기는 대신 추방시켜버릴 때 그녀는 불타버린 초상화처럼 재가 되어 사라져버릴 것이다. 앞이 있기 위해서 뒤는 빈 병이라는 실체로 남아 있어야 하고, 그 실체는 일상의 한편에서 최선을 다해 보관되어야만 한다. 그 병의 실재로 일상의 안온은 지탱되고, 언제나 파국의 직전에 가까스로 살아남는다.

「애프터눈 티」에서 '여인'이 빈 새장에 모이와 물을 공들여 넣어두는 것이나, 「한 폭의 빛」에서 '여자'가 집 안의, 방 안의, 요람 안의, 이불 아래 겹겹이 보호된 빈자리에 자꾸만 말을 거는 것은, 빈 병을 냉장고에 넣어두는 일과 멀리 있지 않다. 상실과 죽음의 흔적은 앞이 아니라 뒤에 놓여야 하지만, 그렇게 앞으로 나아가려 할수록, 앞을 살아가려 할수록 뒤에 남겨진 흔적들은 그만큼 더 비대해지고 무거워진다. 망각에 의한 안녕을 기도하는 걸음들은 망각된 것들의 텅 빈 안녕에 깊이 결박되고, 앞으로 나아간다고 믿으면서 뒤로부터 달아나는 걸음들은 끝내 어떤 자기 폐쇄의 복판으로 잠겨 들어간다. 죽음과 부패를 발생시키며 콸콸 쏟아지는 수도꼭지의 물웅덩이나 이미 한참을 고인 채로 썩어가는 강물을 모두 뒤로하며 걸어 나간 끝에, 행렬의 사람들은 물고기 사체가 가득한 바닷물 속에 스스로 잠긴다. 아마도 사람들은 어둡고 적막한 물속에서도 앞으로 나아가는 일을 멈추지는 않을 것이다. 그런 그들에게 앞이란 어떤 방향인 것일까.

내내 홀로 두리번거리고 뒤돌아보며 행렬에 참여하던

'나'가 바닷물에 몸이 반쯤 잠긴 채로 걸음을 멈춰 서는 것처럼, 김수온의 소설은 나아가는 자들 뒤에 홀로 남겨진 채로 물음을 던진다. 정말로 나아갈 앞이 없는 세계, 그저 비워지고 사라진 것들의 흔적이 재처럼 널려 있는 복판에 서서 그는 전방을 향해 나아가는 시간 속에서 무엇이 사라져왔는지, 그 시선이 무엇을 사라지게 해왔는지를 돌아본다. 다른 시선을 가질 수 있는 유일한 눈, 혹은 문득 나타나는 유일한 빛들을 내내 기다리고 들여다보는 간곡한 마음은, 빈 병 속에 보이지도 들리지도 않는 무엇으로 채워져 있는 흔적들을 보이게 하고 들리게 하는 방법으로서 소설을 쓴다. 흔적들은 이미 지워지고 사라진 방식으로만 남아 있는 것이어서 형체도, 소리도 없다. 그래서 김수온의 소설은 기척들을 비유해내는 이미지들로 자꾸, 가득해진다.

Tacet

휴식을 마치게 할 기호가 어디에도 없다. (p. 130)

소설에서 이미지는 씌어지는 방식으로 그려지고, 말해짐으로써 보이게 된다. 어쩌면 그래서, 기척은 검은 파편들의 모습으로 등장한다. 「한 폭의 빛」에서 동쪽, 도시의 사람들은 서쪽, 숲에 그림자를 숨겨두고 동쪽으로 돌아간다. 그들이 다녀간 숲에는 작고 검은 새들이 은신한다. 작고 검은 새들은 모습을 드러내지 않고, 그렇게 서로 만나지 않지만, 각자의 비명 같은 울음소리로 기척을 나눈다. 「음,」에서 도시의 아이들은 제각각 자신의 높이와 길이를 가지는 음이 되어간다. 사람들은 그 음을 듣지 못하거나 들어도 이름 붙여주지 않지만, 아이들은 서로 모이고 흩어지며 하나의 마디를, 짧은 곡을, 악보의 질서를 구성해간다. 작고 검은 새나 음표의 점처럼 검은 파편들은 도시의 적막 바깥에, 혹은 도시의 무음 복판에 투박하고 거친 소리를 존재처럼 새겨 넣는다. 빈 병의 고요는 날개와 발을 가진 검은 형체가 되어 종이 위 공간을 가로지르며 자기 소리로 울고, 혹은 스스로 소리의 몸이 되어간다.

그러나 김수온의 소설은 작고 검은 것들의 자기 재현을, 혹은 구현을 낙관하지 않은 채 그 이미지들을 죽음과 연결 짓는다. 작고 검은 새들은 다시는 날 수 없을 것처럼 날개를 접은 몸으로 나무에서 떨어져 숨을 끊고, 말의 세계로 나아간 아이들을 잃게 된 음들은 불에 타 재가 되어 해변에 남겨진 모래집들에 무덤처럼 묻힌 채 천천히 질식한다. 소설은 보이지도 들리지도 않지만 분명히 거기 있었으므로 여전히 있는 기척들에 작고 검은 몸을, 음표를, 글자를 주어 보이고 들리게 하지만, 그 작고 검은 조각들이 '말'이 아닌 비명으로, 음가(音價)로 머물다 다시 사라지는 모습까지 지켜보고, 그것까지 그린다.

그럴 수밖에 없는 이유는 작고 검은 것들의 몸과 그 울음소리가 동쪽이 아니라 서쪽에, 그것도 바람에 밀려 서쪽 가장 끝에 가까스로 모여 있는 것으로만 상상되고 그려질 수 있기 때문일 것이다. 「음,」에서 음은 도시의 아이들이라면 누구나 다 가지게 되는 것이다. 하지만 도시의 아이들은 누구나 도시의 사람들이 되고, 도시의 사람들은 누구나 다 음을 잃어 들을 수 없게 되거나 겨우 추억으로만 감각할 수 있게 된다. 도시는 언제나 균형 잡혀 있는 곳이기 때문에 아이들은 계속해서 도시로 나오고, 음을 얻고, 그러므로 도시에는 항시 음악이 가득하지만, 그러한 동시성은 이미 도시의 지나가버린 과거인 채로만, 과거가 될 미래인 채로만 현재일 따름이다. 지금 이곳에서 만들어지고 있는 음들은 도시 밖 서쪽 숲에 모여 있는 새들의 비명 소리만큼이나 서쪽에, 지금 이곳이 아닌 곳에 밀려나 있다. 빈 병의 적막들은 가까스로 몸을 얻는 때에조차 소음이거나 무음이고, 멈추지 않는 시계의 나아감 속에서 일상의 평안은 언제나 묵음을 조건으로 구성되고 지속된다.

그것을 알아차리는 일과 멈추는 일은 같지 않아서, 서쪽 숲의 끝, 새들이 모이고 죽는 곳에는 검은 모포를 두른 사내가 홀로 미동도 없이 서 있다. 바다로 걸어 들어가다 홀로 멈춰 선 「행렬」의 '나'와 도시의 끝 해변에서 밀려들어오는 바닷물에 몸이 젖어가며 한참을 서 있는 「음,」의 '당신'이 말없이 먼 곳을 바라보기만 한다면, 「한 폭의 빛」에서 '검은 모포를 두른 사내'는 바라보기보다는 끊임없이 말을 하는 것으로 그려진다. 작고 검은 새들의 비명 소리가 가득한 숲의 끝에서 그는 새들의 기척을 들으면서, 혹은 떨어져 숨을 끊는 새들의 기척을 목도하면서, 그 소리에도 광경에도 온전히 들어갈 수 없는 바깥의 상태로 기척들의 복판에서 기척들에 말을 건다. 이때 그가 반복하는 말은 다른 것이 아니라 허락을 구하는 말, "들어가도 됩니까./들어가면 안 됩니까"(p. 44) 허락을 구하는 일에 결박된 채로 머무는 사람의 말이다.

기실 「한 폭의 빛」에는 세 개의 서로 다른, 그러나 서로 다르지 않은 장면이 겹쳐 있다. 집 안에는 빛이 전혀 들지 않는 방 안에, 요람 안에, 이불 아래 아이를 키우는 여자가 있다. 그 여자의 어머니는 딸의 집에 들어가 집 안을 있는 힘껏 살피고 여자를 한참 바라보지만 끝내 아이가 있다는 방 안에 들어가지도, 여자의 그림자 속으로 들어가지도 못한다. 하나의 문이 열려도 정말로 열 수는 없는 또 다른 문 앞에 멈춰 서서 내내 문 앞에서, 문이 열리기를 기다리는 '어머니'

의 모습은, 아무리 많은 말을 해도 작고 검은 새들과 닿을 길 없는, 기척들의 세계로 들어갈 수도, 그것을 두고 숲의 바깥으로 나갈 수도 없어 새들이 사라지는 만큼 더 빠르게 말을 할 수밖에 없는 '검은 모포를 두른 사내'의 모습과 닿아 있다. 그리고 그들의 모습은, 아름다운 수면 아래 무엇인지 모를 것들이 가라앉아 있는 호수 곁을 돌다 호수가 얼어붙은 어느 날 그 위를 가로질러 걷는 '나'의 모습에 닿는다. 이때 '나'는 "조금도 가까워질 수 없는 마음으로/당신과 멀어지고 있"(p. 50)다.

언젠가 얼어붙은 수면에 길게 금이 가 호수 안으로 풍덩 빠져들지도 모른다는 기대 속에서 '나' '어머니' '검은 모포를 두른 사내'는 '문'을 열고 그 안으로 들어갈 수 있기를 기다리고 또 기다리지만, 기척의 복판 혹은 직전 혹은 바로 위의 어느 지점에서고 기다림의 간절함만큼 그들은 외려 기척들로부터 멀어지고 있는 중인지 모른다. 「한 겹의 어둠이더」에서 김수온은 새하얀 이불로 상반신을 다 가린 채로 정면으로만 걸으면서 이불 밖으로 나가지 않는, 자신의 소리만을 듣고 있는 '여자'의 모습을 그린다. '여자'는 앞으로 나아가는 자신의 이불 뒷자락을 가만히 쥐고 잡아당기는 무엇의 기척을 느낀다. 뒤돌아보면 그것은 다시 뒤를 정면으로 바라보는 일이라 뒤를 잡아당기는 기척을 사라지게 만들 것이고, 그래서 '여자'는 함부로 뒤돌지도 못하면서 기척과 그저 동행하는 방법을 택한다. 그러나 기척을 놓치지 않겠다는 마음은 어떤 것도 가벼이 뒤로 보내지 않으려는 마음이 되고, 모든 것을 기억한다고 자신하는 마음이 되어, 외려 기척들이 떠나가고 다시 사라지게 만든다. 재 같은 먼지를 온통 뒤집어쓰고도 마음을 다해 '표백'되어가는 '여자'처럼, 가까워지려는 마음으로 오히려 더 멀어지는 서글픔은 검은 모포를 두른 사내를 서쪽 끝에 내내 서 있게 하고, 마지막 새가 숨을 끊는 순간 그 역시 풀썩, 재가 되어 사라지게 한다.

적막에 소리를 주는 일과 그 음가를 함부로 말로 번역해내는 일 사이에 서서 사내는 검은 모포를 둘러 새들과 닮아가지만, 새들의 비명에 말로 말을 건네면서 숲에 있는 도시의 사람이기를 멈추지 않는다. 앞으로 나아가는 것들과 뒤에 남겨져 사라져가는 것들 사이에 혼자 남은 사내는 어쩌면 김수온에게 글쓰기가 가지는 의미의 모습인지 모른다. 형체가 없는 것에 형체를 주고 소리를 잃은 것에 소리를 입히는, 무언가 떠나고 사라진 자리에 활자를 채우는 작업은 그 마음의 간곡함에도 불구하고 주고 입히고 채우는 자의 일일 따름이다. 방향이 다른 시선, 태도가 다른 시간을 시작하는 일은 마땅하지만, 그 시차(時差/視差)가 무엇을 기억해낼 수 있는가, 그 기억의 활자는 누구의 것인가, 그것이 누구를 위한 것인가와 같은 물음들 역시 마땅하다. 두 마땅함 사이에서 글쓰기는 무엇을, 어떻게 계속할 수 있을까. 소설은 어떻게 나아가지 않으면서, 나아갈 수 있을까.

빈손

「( )」는 작가의 등단작으로 김수온의 다른 소설들이 품고 있는 고민들이 만나는 지점을 보여주고 있는 것 같다. 괄호는 무언가가 비워져 있음을 지시하는 기호이지만, 동생이 사라진 이후 가족들에게 발견되기 시작하는 괄호들은 비어버린 동생의 자리를 가리키는 것만은 아니다. 그것은 한때 있었으나 이제는 없는 것들의 빈자리와 함께, 한때 어떤 공백이든 채울 수 있을 것 같았지만 이제는 그럴 수 없는 활자의 무력, 그 망망한 공백을 감당하며 살아 나아가야 하는 사람들의 시간을 겹겹이 보여주는 활자이자 이미지이다. 마을 사람들은 괄호를 보면서도 모르는 척하고, '아버지'는 괄호의 공백을 술로 채우고 비우기를 반복하며, '어머니'는 몸에 괄호를 휘감고도 그것을 알아차리지 못한다. '나'는 그 시차들 사이에서 멀미를 느끼면서 스스로 괄호 속에 들어간다. 열고 닫는 괄호의 사이를 벌리고 그 하얗게 비어 있는 공간을 자기 몸으로 채우는 '나'는 그곳에서 기껏, 멀리 떠나가는 동생을 바라보기만 할 수 있을 따름이다. 그렇게 다른 소설들에서처럼 「( )」의 인물들은 마음을 다하기 때문에 기척으로부터 멀어진다.

그러나 「( )」의 '나'는 그 멀어짐에 망연히 절망하기보다는 오히려 사라짐을 멈출 기호를, 활자를 끝내 발견할 수 없을 것이라는 사실을 처절히 직면한다. 수면 아래에서 동생을 보았다고 생각했을 때, 그래서 비로소 수면 너머 강물 속을 휘저었을 때, '나'의 손에는 잡히는 것 없이 괄호들만 줄줄이 걸려 올라오고, 동생이 있다 믿었던 수면에는 '나'의 모습이 비친다. '( )'의 빈 공간에 무언가를 채우거나 스스로 들어가 앉는다고 해서 '( )'가 '( )'가 아니게 되는 것은 아니듯, '( )'는 한번 '( )'가 된 이상 언제나 '( )', 비어 있음을 비어 있는 채로 남겨두는 방식으로만 발견될 수 있으며, 지시될 수는 있어도 발음될 수는 없는 기호로만 말해질 수 있다. 그렇게 사라지는 것들은 사라지는 일을 멈추지 않고, 잃어버려온 사람들은 잃어버리는 일을 멈출 길을 모른다. 그러므로 중요한 것은 어느 때고 잡을 수 있었던 것을 놓친 것이 아니라, 가까워지려다 멀어진 것이 아니라, 사라지는 것과 그것을 잃지 않으려는 마음 사이의 거리가 가까워지지 않는 만큼 더 멀어지지도 않는다는 것, 그저 멈출 수 없이 이루어지는 일들 사이의 간극이 내내 지속될 따름이라는 사실이다. 소설이 쓸 수 있는 것, 말할 수 있는 것은 어쩌면 그것뿐이다. 비어 있는 것이 비어 있는 채로 사라지지 않고 남아 있게 하는 일, 비어 있음을 병에 가두거나 무엇으로 채우는 대신 철저히 홀로 남은 나의 빈손으로 말해지게 하는 일, 그것으로서 김수온의 소설은 씌어지려는지도 모른다.

채워야 할 것이 있는 듯 비어 있는 괄호처럼 빈손이란 자꾸 무엇을 부르는 것이어서, 비어 있음은 잊히지는 않아도 자꾸 해결되어야 할 것 같은 기분을 줄지도 모른다.「나의 마르멜로」의 '나'는 과수원도 '너'도 사라진 자리에 홀로 남아 '나'에게만 유일한 '너'에게 말을 건다. "너도 알지./여기 과수원이었던 거"(p. 31). 잘려나간 나무들처럼 비워지는 기억들을 회복될 길 없는 과거형으로 붙잡아두는 말들은 외롭고 불안해서, '나'는 '너'와의 사이에 시차가 생기는 것을 슬퍼하고, '너'를 잃지 않으려는 '나'의 진심만큼 사라지는 '너'도 진심을 다해 '나'의 시간에 매달려 있기를 바란다.「푸른 열대어」의 '나'는 모두가 떠난 동네를 마지막으로 떠나면서, 기다려도 오지 않을 것을 내내 기다리며 남겨져 있는, 남아 있는 사람이 되어온 시간으로부터 어떤 '회복'을 바란다. 그 바람은 빈 수족관에 물을 채우고, 열대어를 집어넣고, 열대어의 살아 있음에 온 마음을 기대게 하며, 열대어가 천천히 죽어갈 때 차라리 그것이 하루 빨리 완전히 죽어버리기를, 수족관이 불안 없이 채워져 있을 수 있기를 마음 다해 기도하게 한다. 빈 것을 잊지도 채우지도 않고 견디는 일은 기다릴 수 없는 것을 기다리거나 기다리지 않으며 남아 있는 것보다 더 어렵고, 두렵다.

그럼에도 불구하고 무언가 사라지고 없어져 비워진 자리, 혹은 지워지는 방식으로 남아 있는 자리에 관해 말해야 한다면, 냄새가 나는 빈손이라면 어떨까. 「행렬」의 '나'는 행렬에서 빠져나와 물이 콸콸 쏟아지는 수도꼭지를 발견하고, 개미들이 빠져 죽지 않도록, 흘러 고이는 물에 잡초들이 썩지 않도록 수도꼭지를 잠그려 한다. 아무리 돌려도 수도꼭지는 잠기지 않고 "이대로 두어도 괜찮을까"(p. 106) 어찌할 수 없는 마음으로 '나'는 돌아서지만, 수도꼭지를 돌렸던 오른손에는 시큰한 쇠냄새와 조금의 온기도 없이 차갑게 헛돌던 손잡이의 느낌이 남는다. 아주 잠깐 쥐었던 것인데도 가시지 않는 감각들은 '나'의 빈 오른손을 빈손이지만 비어 있지 않은 손으로 만든다. 오른손은 내내 무언가를 알아보았던 흔적, 무언가 사라져가는 것의 흔적이 사라지지 않고 남아 있는 흔적으로 가득한 채 비어 있다.

김수온의 소설 도처에서 풍겨오는 냄새는 대개, 고여 썩어가는 물이나 보자기에 싸인 채 썩어가는 무화과, 나무에 매달린 채 썩어가는 과일들이 가득한 과수원의 악취다. 버려지고 잊힌 채 부패하는 것들로 가득한 풍경에서 풍겨오는 냄새와는 다른, 내 손에 남은 유일한 냄새, 무언가를 꽉 움켜쥐는 것과는 다르게 그 냄새를 말아 쥔 나의 빈손, 그 손으로 씌어지는 소설은 멀미 나고 불안한 시차를 견디며 나아갈 힘을 찾아가고 있을 것이다. 앞으로 나아가는 이에게 손 흔들지 않고 뒤에서 사라지는 기척에게 손 흔들지 않으면서 냄새나는 손을 빈 채로 동그랗게 쥐는 것, 서둘러 작별하지도 움켜쥐지도 않는 동그란 손으로 동그란 시간을 살아 나아가는 것, 그 방법에 대한 진심 어린 고민으로 엮인 것이 김수온의 첫번째 소설집일 것이고, 그 진심의 시계 속에서 그의 소설은 내내 씌어질 것이다. 그 시계에서도 시계 침은 성실히 완주에 완주를 더하겠지만, 오른쪽의 일만은 아닌 오른손이 거기에 있을 것이다.

작가의 말

요즘의 나는 창가에서 많은 시간을 보낸다. 언젠가 본격적으로 집에서 작업을 해보려고 책상을 들인 뒤로 나는 아침이면 거기 앉아 책을 읽고 소설을 썼다. 책상을 창가에 두어선지 그 무렵 자주 창밖을 내다보는 습관이 생겼다. 매일 같지만 다른 풍경을 보며 문장을 떠올려보거나 풀리지 않는 소설을 고민했다. 사실 그렇게 하루가 그냥 지나가버리기도 하지만 그런 시간들이 나는 아직도 마냥 즐겁다. 어려서부터 온갖 생각들로 시간을 보내던 내가 자라서도 여전히 이런다.

종종 나는 지나간 과거를 혹은 오지 않은 미래를 생각한다. 흘러간 일에 후회나 자책을 하기도 하고 기쁨과 위안을 얻기도 한다. 여러 감정을 쌓아가며 결국 내가 깨닫는 건, 지금 이 현재는 내 삶에서 극히 일부에 불과하다는 것이다. 그 당연하고도 단순한 사실이 가끔은 내게 유일한 희망처럼 느껴진다. 언제부턴가 나는 그런 탈출구가 필요했다. 특히 소설을 쓸 때면 언제나 그랬다. 정해진 답이 없는 일에는 그저 온전히 최선을 다하는 수밖에 없으니까. 이게 과연 최선인가, 자주 의문을 가지고 소설을 썼다. 그렇게 애를 쓰고 지나온 시절이 고스란히 한 권의 책이 되었다.

그럼에도 소설은 나를 단단하게 만든다. 작은 바람에도 흔들리던 나를 넘어지지 않고 계속 걸어갈 수 있게 한다. 작은 세상 속에서 벗어나 내 안의 또 다른 세상으로 나를 걸어나가게 한다. 출발선에서 한 걸음을 떼고 나서야 나는 이 여정에 끝이 없다는 것을 알았다. 어쨌든 나는 멈추지 않을 생각이다. 언젠가 넘어지더라도 나는 도움 없이 일어서서 앞으로 나아갈 것이다. 어떤 마음으로도 나는 나를 앞서지 않고 그저 곁에서 오래도록 지켜볼 것이다. 나의 삶에도 그런 끈기와 믿음이 소설로부터 깃든 사실에 감사하다.

끝으로 나를 이루는 모든 이들에게 감사의 마음을 전한다. 언제나 귀한 마음을 나눠주는 사람들 그리고 광주에 있는 가족들의 격려와 온기가 내게 큰 힘이 되어주었다. 나를 빛으로 이끄는 당신들에게 언제까지나 나는 진심이고 싶다.

2021년 가을

김수온

수록 작품 발표 지면

나의 마르멜로　『모티프』 2019년 1월호

한 폭의 빛　『문학과사회』 2019년 봄호

(　)　2018년 『한국일보』 신춘문예 당선작

행렬　『실천문학』 2018년 봄호

음,　『Axt』 2018년 3/4월호

애프터눈 티　『모든시』 2019년 여름호

푸른 열대어　미발표작

얼굴 없는 밤의 초상화　『문학들』 2019년 겨울호

한 겹의 어둠이 더　<문장웹진> 2018년 5월호